母亲的菩提树

琦君 著

人民文学出版社

著作权合同登记号　图字 01-2021-1865

图书在版编目(CIP)数据

母亲的菩提树/琦君著.—北京:人民文学出版社,2015(2021.5 重印)
ISBN 978-7-02-011089-6

Ⅰ.①母…　Ⅱ.①琦…　Ⅲ.①散文集-中国-当代
Ⅳ.①I267

中国版本图书馆 CIP 数据核字(2015)第 178082 号

责任编辑　**宋　强**
特约策划　**陶媛媛**
装帧设计　**钱　珺**

出版发行　**人民文学出版社**
社　　址　**北京市朝内大街 166 号**
邮政编码　**100705**

印　　制　**山东临沂新华印刷物流集团有限责任公司**
经　　销　**全国新华书店等**

字　　数　**150 千字**
开　　本　**889 毫米×1194 毫米　1/32**
印　　张　**6.75**
版　　次　**2015 年 7 月北京第 1 版**
印　　次　**2021 年 5 月第 4 次印刷**

书　　号　**978-7-02-011089-6**
定　　价　**59.00 元**

如有印装质量问题,请与本社图书销售中心调换。电话:010-65233595

母亲的菩提树

代序

琦君：一生儿爱好是天然

琦君住在“水晶宫”的时候，我正每天乌烟瘴气地烧那煤球炉：先把一团报纸、几根竹篦点燃，投入几块相思炭[①]，再把煤球放下去。然后扇呀扇呀扇呀，煮了稀饭煮干饭，炒菜炖肉，泡茶洗澡，全靠这一炉火。有时我技术不佳，一炉火烧几次，在火光照耀下就成了“浴火的凤凰”。但别以为琦君的“水晶宫”是个什么玲珑剔透的好地方，那原来不过是公家大楼地下室中的一间公共洗澡间，改造成宿舍，墙上布满了水龙头，地上常年泛潮，水龙头终年滴水。她有文学家的想象力，叫它“水晶宫”罢了。

她在“水晶宫”的年月写的是《一身飘零》，我则把“三只丑小鸭”当作写作材料。我们都向报纸的妇家版投稿。

有一天，我去主编的宿舍，在巷口看见一位穿黑白格子外套的女士。进去后，主编告诉我：“写《一身飘零》的琦君刚刚走。”我说看见了，定是那位黑白格子。主编说，你怎么知道？我说，灵感嘛！三十多年来，琦君的模样、身材都没有变，我相信她如果拿出那时的旗袍，现在还能穿。我也老记得那天一瞥而过的苗条身影。

---

① 台湾早期生产的木炭，炭形不规则，易碎，燃烧时味道较重。因环保问题，后来产量下降，现产量为龙眼炭（燃烧时味道较轻）的十分之一。（本书中注释，如无特别说明，均为简体版编者注，谨供读者参考。）

琦君离开“水晶宫”搬了多次家，我则钉在重庆南路三段没挪窝。好在她迁移的新址总离我家不远，我们因为谈得来，就时相往来。她有了孩子以后，周末常带孩子到动物园去玩，然后来我家。她对孩子说：“我们到动物去看猴猴。”孩子总会跟一句：“看林阿姨和猴猴。”

她来，我家女儿就会端茶拿瓜子，然后搬个竹凳坐在她膝下听潘阿姨说故事。我们年龄相仿，处于同时代，虽然在大陆时一南一北，但所读的书、所体验的生活是差不多的，因此有的是话题。只是她更勤于学问，又有好的国学根基，不是我这“大白话儿”所能比的。她故事多，说话又动听，多少年来，除了学生，还交了许多年轻朋友。她没有女儿，所以特别喜欢女孩，我家女儿们从小时候到现在做了母亲，一直都喜欢听潘阿姨聊天。当初，连我家的猫见她来了，都会跳上她的膝头，咕噜咕噜地睡大觉。她不嫌脏，一边摩挲着猫儿，一边侃侃而谈，古今文学的比较、李杜诗篇的讲解、家乡西子湖畔的风光，都让人听得出神。虽然她的童年充满了忧伤，但她总把最美好的写给少年读者，让孩子们读她的书开卷有益。

近年来，她的散文风行得不得了，大家都在争相出版她的散文集。她散文的风格，文字朴实无华，但在淡雅中可看出是经过细心琢磨的。她对于写作风格，喜欢引用《牡丹亭》里的两句词：

一生儿爱好是天然，却三春好处无人见。

林海音（出自《英子的乡恋》）

目　录

卷三　此心春常满

卷一　童稚情怀

我的佛缘

我幼年时随母亲住在乡间，父亲请了位吃素念佛的老师教我认字读书，却带了长我三岁的大哥去北平定居[①]，把我们兄妹硬生生分开得那么遥远。母亲是虔诚奉佛的，对父亲的安排都逆来顺受，只有命我每天一大早随她在经堂里上香拜佛，保佑父亲和大哥身体健康。我和母亲并排儿跪在蒲团上，颈上套着佛珠，边拨边念一圈阿弥陀佛、一圈释迦牟尼佛、一圈地藏王菩萨、一圈观世音菩萨，念得我的空肚子咕咕直叫。我敲着姑婆从普陀山带回给我的小木鱼，再看母亲仍旧眼观鼻、鼻观心地念《心经》《大悲咒》《白衣咒》，听得耳熟能详，也就饿着肚子跟她念。念完经，拜了佛，才吃早餐。早餐一定是素的——咸菜炒蚕豆、腐乳卤蒸豆腐。母亲说："早餐吃素，一天心清。"因此我相信我们母女的心都很清。

吃完午餐，该读书了，老师又要我跪在他的佛堂前拜佛。我说："已经拜过佛、念过经了。"老师说："读书之前拜佛，保佑你记性好。"拜完佛，老师会给我一粒供过佛的麦芽糖，还要我喝一杯上面飘满香灰的净水，说净水会给我添智慧。幸亏麦芽糖很好吃，我就皱着眉头把飘满香灰的净水喝下去。

---

① 琦君的父亲于 1925 年初去北平就职，加陆军上将衔。

老师教我认方块字，第一个字就是“佛”字。他说：“你每天拜佛，一定要认识‘佛’字。”因此我翻开任何书本都先找“佛”字，有时把“弗”字也当作“佛”字。老师说：“人修行，得道，之后才成佛。所以‘佛’字边上一定有个‘人’字，意思是佛跟人是很接近的。”

我有一位比我大八岁的小叔，他聪明绝顶，读书过目不忘，却不肯正式考学堂念书。他听我琅琅地背《白衣咒》，问我：“什么是广大灵感，你懂吗？”我摇摇头。

他说：“广大是无边无际，灵感是心，就是说，你的心和世间万物的心都能相通。草木虫鱼鸟兽，甚至朝生暮死的小菌都是有灵性的，我们都要对它们抱有同情心、怜悯心，不要伤害它们。真正修行的人连吃菜都只吃叶子不吃菜心，因为菜心是有生机的。”

我被他说得心慌意乱，觉得自己天天都在杀生，真想发个愿心不吃荤菜。但是妈妈煨的香喷喷的红烧肉、煎的新鲜黄鱼实在太好吃了，我就问小叔叔：“妈妈天天拜佛念经，怎么也烧鱼肉呢？”

小叔说：“你妈妈是为了疼你，只得烧荤菜。她不罪过，罪过的是你呀！所以屠夫要边杀猪边念：‘猪呀猪呀你莫怪，你是人间一道菜。人不吃来我不宰，你向吃的去要债。’”听得我又好笑又害怕。

小叔又说：“你不要怕。你现在还小，修行还早呢！长大了就跟着你妈妈吃三净素吧。”

我奇怪地问：“什么是三净素呀？”

小叔慢条斯理地说：“你听着，我也是刚刚从庙里听来的。三净素就是：不亲自动刀杀的、没有亲眼看见杀的、不是为你杀的。这不是很容易吗？你几时杀过鸡鸭呀？每年过年时，长工杀猪，你妈不是都抱着你躲到佛堂里念《往生咒》超度它们吗？哪有看见他们杀呢？还有，一头猪、一只鸡杀了以后分成无数块，大家都吃到了，罪孽大家分担，因为不是为你一个人杀的。”

小叔说来头头是道，我听得半信半疑。再去问老师，老师也点点头，说：“这是佛家劝爱吃大荤的人的通融说法，因为戒杀极难，只好放宽。”

老师是吃长斋的，每月还有六天要过午不食，只喝一碗薄薄的藕粉或米汤，叫做“六斋”。小叔告诫我，每逢“六斋”，字要写得格外端正，因为老师饿得心火上升，会罚我跪的。母亲在这六天里，却是对我格外慈爱，我不听话也不责骂我，只是这六天里不准我吃新鲜鱼虾，只吃咸鱼。所以我对“六斋”的日子，记得清清楚楚的。小叔说，这叫做“心斋”，是心中的一种警觉。长大后想想，也真有道理，一个人如能不时反省，岂不是修心养性之一法呢？

浓厚的佛教气氛使我幼小的心灵感到平安有依靠。但忽然一个晴天霹雳，自北平传来噩耗，我亲爱的大哥忽然因肾脏炎去世了[①]。这个沉痛的打击使我对佛的信心起了动摇。但母亲在万分悲恸中，没有一句怨言。她悲悲切切，只悔恨自己没有坚持把哥哥带在身边。老师却说，人生年寿都是有定数的，越发劝我要多拜佛念经。他说我的下巴尖，非载福之相，要我时时心存善念，修心可以补相。可是再怎么修行，亲爱的哥哥已回生乏术。雁行失序的悲痛，每于拜佛念经时，尤为刻骨铭心。

我十二岁被带到杭州，与家乡的小朋友远离，尤感孤单。

---

① 琦君的哥哥潘长春因患急性肾炎于1926年在北平协和医院过世。

幸不久即考入一所教会女子中学[1]，生活有了大大的转变。但使我不习惯的是，每天早上要做祈祷；每顿饭前要低头祷告，感谢上帝；每周日要做礼拜。我坚定信佛，因而时常躲到健身房里，被舍监抓去重重处罚。

做礼拜时，同学们祷告，我就默默地念《心经》。但是礼拜堂里悠扬的琴音和赞美诗声有时也会使我很感动，回来告诉母亲，母亲说："圣母像和观世音菩萨不是很像吗？神佛在天堂上都是要好的邻居吧？但奇怪的是，圣母生了耶稣，亲娘与儿子反倒分成两派，拜圣母的是天主教，拜耶稣的是基督教。"

我奇怪地问："妈妈，你怎么知道得这么清楚？"

母亲笑笑说："我们家乡不是有两间礼拜堂吗？有白姑娘来捐钱的是天主堂，另外一个是耶稣堂。我问过白姑娘有什么两样，她只笑说不一样。我对她说，我们信佛的不分家，阿弥陀佛、释迦牟尼佛都是佛，地藏王、观世音都是菩萨。"

我抱怨学校里强迫我做礼拜，母亲说："做礼拜就去做嘛，唱赞美诗就唱嘛，唱歌总是开心的。我听说他们信教的不拜佛，不吃供过佛、供过祖先的东西。我们信佛的却肯做礼拜，供过佛和祖先的东西吃了才保长生呢。"

母亲的快人快语真有道理，我也就安心了。

我逐渐长大了，自初一至高三,六年的中学教育实在有好几位慈爱的好老师，她们都是虔诚的基督徒，对我们无微不至地关怀爱护，使我心感万分。但她们劝我信教受洗，我都婉谢了。老师们亦不以为忤。

---

① 琦君在杭州入读弘道女中。弘道女中创办于1912年，由杭州贞才女校、育才女校和惠兰女校三所教会女校合并成立。1927年前，由美籍人士任校长。1927年秋季起，由中国人任校长。首任中国校长是该校毕业生倪雪梅。抗战期间，先后迁去建德、上海和绍兴，1938年因绍兴沦陷而停办。

我每想到母亲说的耶稣的妈妈和观世音菩萨是要好邻居的有趣解释，不由得也会跟着大家唱起赞美诗来，尤其是唱起一首诗：“父母兄弟、亲戚朋友，有时要分离，耶稣不离开。天地万物，都要改变，只有耶稣不改变。”心中不免阵阵酸楚，想起哥哥早逝，双亲日益年迈；想起幼年时跪在蒲团上拜佛念经的情景和小叔对我说的充满哲理的话，于略带凄怆的歌声琴音中，益感人世无常。佛教教义的精深博大，实在给予我无限启迪。

六年的中学生活中，我虽未曾接受老师的劝谕而信教受洗，但对充满爱心的虔诚基督徒永怀崇敬之意，也使我感悟宗教的博大精神，原是应当不分彼此的。

高中毕业后，进的又是基督教大学①，美国校长的夫人正是我中学英文老师的胞姐，对我爱护备至。她教我英文打字，为她所带领的宗教团契服务，使我在为人为学方面获益至多。她的慈爱和服务精神，尤足为年轻人的楷模。她多次劝我信教，我总是婉转地说：“等我能再深入了解时再说吧！”但心中仍感到十二分歉疚。

为此事，曾向最敬佩的夏承焘②恩师请教。他笑嘻嘻地开导我说：“你不必感到不安，皈依宗教不是礼貌应酬，要心中真诚感悟才能接受。这就是基督教徒所说的上帝在你心中做工。你既坚定信佛，就是心中有佛，一切疑虑自然消除。你把耶稣也当佛就是了。孔子说过的：西方有圣人，指的就是耶稣吧。”

---

① 琦君于1934年以优异成绩考入之江大学。之江大学前身为崇信义塾，1845年由基督教长老会成员创办。1867年改名为育英义塾。1897年改称育英书院。1911年迁入新校址，因处钱塘江“之”字形拐弯处，故改名之江学院。1914年改名之江大学。1929年开始男女兼收。琦君入学时的校长为美国基督教传教士明思德。

② 夏承焘（1900—1986），词学名家，被誉为“一代词宗”，曾执教于之江大学。

恩师一语点醒我，从此不再惶惑不安，不再疑虑不决，并领悟了儒家的仁、道家的自然、基督的博爱和佛的慈悲正是一致的精神。

抗战期间，饱经离乱丧亡之痛。忧患备尝中，此心始终能安定且坚持信仰，就是因为牢记恩师“心中有佛”的诲谕，把人间的一切变迁都视为必然因果，于悲怀难遣中虔心念佛，于一帆风顺中也虔心念佛，正如基督徒随时祈祷，将一切归诸上帝的旨意。

如今回顾往昔，或有因愚昧所犯的罪过，只有祈求慈悲的佛赐予赦免与指引。我要虔诚地念一声：

阿弥陀佛！

我爱纸盒

我有一份爱纸盒成痴的心情。

究竟是什么原因呢？说来可真是话长。

我幼年时，俭朴的母亲从不舍得为我买一样玩具。我的玩具都是老长工阿荣伯的一双巧手给我做的。我最最喜欢的是他用捡来的木片钉的一个精巧木盒，里面有上下两层，各卧着一个布娃娃，身边放着她们的压岁钱和香烟洋片。我背书背不出来时，就捧着木盒玩，假想这是一幢楼房，上下楼的娃娃念念有词地谈天，做游戏，骂老师。母亲在一旁看得高兴，也会把她那个有镜子的针线盒拿给我玩，我好开心啊！

有一年中秋节，城里的张伯母送母亲一盒火腿月饼、一盒金丝蜜枣。哇，这两盒香喷喷的美食，母亲供了祖先再遍飨邻居亲友，足足快乐了一个多月。盒子空出来，当然归我了。阿荣伯把两个盒子做成一顶花轿，轿顶扎三朵纸花，里面坐着两个布娃娃；盒子外面用铁丝绕四个圈圈，套上两根光滑的长竹签，可以用双手抬着走来走去，实在好玩。我把花轿抬到东，抬到西，给小朋友们看，也给讨厌我的五叔婆看。五叔婆一瘪嘴说："新娘子坐这种花轿不要闷死了？我当年坐的花轿边上有缝，好透气的。"母亲笑笑说："透缝的花轿不是新的哟。"五叔婆就生气了。我和小朋友最最喜欢逗五叔婆生气，她一生气就到自己房子里去，母亲一个人炒的菜就好吃多了。

不久，在北平的父亲带着二妈回来了。二妈带来了很多很多吃的、玩的分给大家，我也有一份。但我好想要她丢在字纸篓里的一个五彩花纸盒，就伸手去拿。她大声地说："不许拿！那是装桃脯的，黏黏的，会招蚂蚁。"我只好缩回手。从此我就好怕她，躲得远远的。

我还是好喜欢阿荣伯给我用纸盒做的花轿。有一天，我把它放在饭桌上，她看见了，生气地说："这么脏的东西怎么放在饭桌上？"我战战兢兢地说："不脏，是装月饼和枣子的盒子做的。"她越发大声地说："怪不得，你看地上不是有蚂蚁在爬吗？"我一看，果然有两只蚂蚁，就惊慌地立刻捧着花轿往厨房跑。她又说："不许拿到厨房去！厨房是做吃的东西的，快把它扔掉。"我壮起胆子说："我不扔，那是阿荣伯给我做的花轿。"她说："什么花轿？给你那么多玩具还不够你玩的？"我说："我不要你的玩具，我要花轿。"捧着它奔向厨房。她追过来把我的花轿抢去，远远地扔到天井里。天正下雨，花轿全湿了，歪歪斜斜地倒在雨地里，两条轿杠也掉下来了。

我大哭起来，抱着母亲问："妈妈，你为什么不说话？为什么不拦住她扔我的花轿？"母亲坐在竹椅上，沉着脸，把我搂得紧紧的，说："不要哭，你长大了争气点儿，比花轿好十万倍的东西都会有。"阿荣伯走过来摸摸我全是泪水的脸说："你不要心疼那纸盒做的花轿，我再给你用竹子编一个。"我跺着脚说："我不要，我就是喜欢那花花绿绿的纸盒花轿。"

从那以后，我虽然好想再有一顶花轿，也常看见从父亲屋子里丢出一些花纸盒，但我牢牢记得二妈那次不许我从字纸篓里捡花纸盒的严厉神色，所以不愿去捡。既然没有漂亮纸盒，就没有请阿荣伯为我再做一顶花轿。

这一幕不愉快的情景竟然永难遗忘。几十年来，我一见到漂亮纸盒，就会想到那被扔在雨地中的花轿，心中浮起永远的怅恨。

1993 年

新春的喜悦

今天已是立春，但距离农历新年还有半个月。在这半个月中，心情上有一份“过了一个新年，还有一个新年”的兴奋与期待。在异乡异域，尤不免怀念故乡的农历新年。

我的故乡是一座民风淳朴的农村，新年的假期特别长，要从腊月二十四送灶神开始，直到二月初二迎神大庙会后才算尾声。孩子们在融融的炉火、红红的纱灯和片片雪花中穿红着绿，蹦蹦跳跳，吃吃玩玩，好开心啊。

记忆中最开心的事就是穿上新衣，提着红包，代表母亲挨家去喝春酒。其实红包里只不过是十几粒红枣或桂圆，就算对长辈的敬意了。喝完了春酒，荷包里装着满满的糖果和柑橘，还有叮叮当当的压岁钱，有的是银元，有的是银角子，都是我连声喊“阿公”和“阿婆”，摊开手掌心接过来的。银元交给母亲存起来，角子留给自己买鞭炮和玩具，糖果糕饼吃得肚子像蜜蜂。

喝完左邻右舍的春酒，我家还有一项特别节目，就是喝会酒。凡是村子里有人急需钱用，就要凑齐十二个人起个会。正月里，会首总要请那十一个人喝春酒表示感谢，地点一定借用我家的大花厅。酒席是从城里叫来的，比乡下人自己做的多了好几道菜，称为“十二碟”，那就是四冷盘、四热炒、四大菜，是最最讲究的酒席了。所以我们乡下人对人表示感谢的口头禅就是："我请你吃十二碟。"

因此我眼巴巴地等着吃那一顿"十二碟"。

母亲是最好客也最热心的，总是乐意把大花厅借给大家请客，可以添点新春喜气。长工也高兴地把煤气灯的玻璃罩擦得晶晶亮，呼呼呼地点燃了挂在花厅正中央，让大家喝酒猜拳，那一份热闹气氛不用说了。我呢？一定有份坐在会首身边，得吃得喝，吃了拿，拿了再吃，最后还分得一条角上印红花的手帕，包了糖果放在抽屉里慢慢吃。慷慨的母亲还会捧出一瓶自己做的八宝酒，给大家助兴。

母亲是不上会的，但每年正月喝会酒时，她都会提出一个建议，就是每家（包括她自己）都要随意乐捐米粮、衣物或金钱，接济村子里的穷苦人家，由会首送去，使人人皆大欢喜。因此我家春节的会酒是村子里远近皆知的盛况。母亲推己及人的善心，于此可见。

岁月不居，一晃眼，半个多世纪已匆匆流逝。每到农历新年，故乡的情景、母亲的慈容都会浮现眼前，也愈加使我体会得除旧迎新、努力前瞻的深远意义。

1987 年

冬夏阳光

邻居的一个孩子在上小学，每天黄色的校车来接他时，从没看他先站在门口等车，总是让全车的小朋友等他好几分钟，才迟迟地由母亲帮他提着书包送上车。有一天，司机不悦地与他交涉了几句。第二天，他总算等在门口，按时上车，渐渐地却又故态复萌。这一家是韩国人，我真为我们东方人的不守时感到羞耻，真想问这位母亲为什么不训练孩子独立地候车，不必步步护送。但是看她那副不理不睬的优越神态，只好作罢。

守时，是做人基本态度之一，自幼即当予以训练，给孩子正确的观念：浪费别人的时间是非常不应该的。

我在初一时，英文老师非常严厉。早上第一节就是英文课，没有一个同学敢迟到。有一个大雪天，我穿着雨靴蹒跚地走到学校，竟迟到了五分钟，在课室门外站着不敢进去，直到老师讲解完一个段落，她才走到课室后面把边门打开，让我进去，却只许坐在后排，不让我走到第一排自己的位置就座。那一堂课，我含着眼泪，如坐针毡，度秒如年。

下课后，老师把我叫到面前，温和地对我说："我无意惩罚你，也没记下你这第一次的迟到。但我要你知道，一个人要懂得尊重别人的时间，要表现团体精神。我正在讲课，你若从前门进来，一定会分散同学们的注意力，起码你前后左右的同伴会受你骚扰。你知道吗？一个人为你浪费半分钟，全班二十四位同学就浪费了十二分钟，这是不应该的。”

我眼泪汪汪地说是因为大雪天路不好走。她笑了一下，说：“不要找理由原谅你自己。你看别的同学怎么都到齐了呢？任何困难都是可以克服的，你要培养这份自信心和自尊心。”

她的训谕如沉重的锤子，一记记敲打在我心头。从此，我没有再迟到过，不论任何一节课，因为我牢牢记住，要尊重老师，尊重同学，珍惜我们的班级荣誉。我们班上虽都是小小年纪，但勤劳、清洁、安静，在全校是名列前茅的。我们的努力与自爱，实由于严厉的英文老师与慈爱的级任导师刚柔并济的辅导。

记得有一回，我悄悄地向级任导师诉说英文老师对我迟到的处罚，她爱怜地抚着我的头说：“如果那一次她让你自由自在地进来，你就会有第二次、第三次的迟到，慢慢地，你就会赖床不起了。人是有弹性的，年纪小小的一定要把弦绷得紧紧的，才够劲。”

我们都说她是冬天的太阳，而英文老师是夏天的太阳。我们在有时温煦、有时炽热的阳光下渐渐长大了。

1987 年

万花筒

旅途中，在卖纪念品的店里看到一只细细长长、银光闪亮的管子，好奇地拿起来一看，原来是万花筒。对着灯光边转边看，五彩缤纷的花朵儿在那一端千变万化。我有点爱不释手，一看价钱竟要四元，太贵了，只好悻悻地放下。上车后，总是想着那个万花筒，和老伴说："我怎么会舍不得四元，不把它买回来呢？"他淡然一笑说："买回来你就会把它丢在抽屉角落里，永不再玩了。万样东西总是失去的比得到的好。你一见钟情的玩意儿太多，买得齐全吗？"

他总是哲学家似的把我训一顿。我只好默无一语，靠在椅背上，晃晃悠悠地想念我失去的万花筒。

其实我知道自己想念的不是这支万花筒，而是童年时代被家庭教师锁在抽屉里的那一支。

那是大我三岁的堂叔给我做的。他的手最巧，用三条玻璃合成三角形管子，再把彩色玻璃敲碎，装在一端，镶上玻璃片；外面包了马粪纸，再包锡箔纸，用大拇指背刮得晶光闪亮。之后教我把眼睛贴在小圆洞口，一手转着看里面的五彩花朵儿。我真是太惊奇、太高兴了，把它捧在手里，抱在胸前，走到东，走到西，喊着："哪个要看变戏法？一个铜板看一次。"长工伯伯们对我咧咧嘴说："只那么个筒筒，变得出什么戏法？"我生气地走开了。

晚上临睡前，我递给母亲看。她对着菜油灯看了半天，高兴地说：“真好看呐。”我忽然抱着她说：“妈妈，我好想念哥哥，因为他的手更巧，也会做万花筒，叔叔说的。”母亲不作声，眼泪却几乎掉下来了，因为哥哥被父亲带到遥远的北平，有病不能回来。

我在书房里跟老师读书时，偷偷地取出万花筒来玩，被老师生气地拿走，锁在抽屉里，竟一直都不还给我。我伤心地对叔叔说：“我不想读书，也不想玩万花筒了，觉得做人好苦啊，一点都不自由。”叔叔对我说：“小老太婆，你怎么会这样想？你看万花筒里不过几粒玻璃末，却会变出这许多花朵儿来，你的手一转，要它变就变。我觉得做人有意思得很呢。”

叔叔的那几句话，我一直到长大后都记得。人生原是千变万化的，看是由不得自己作主，但万花筒原是握在你自己手中啊！

旅游车在另一站停下来时，我不再记得那支失去的万花筒了，因为迎面而来的，又是一番新景象。

人生原是多彩多姿的万花筒啊。

1988 年

字典的故事

抗战期间，我在一处非常偏僻的山区避日寇。那儿有一间乡村中学，我时常散步去学校的小小图书室借书看，因而与老师们谈得很投缘。

有一位教初三英文的老师郑先生，性格爽朗，言语风趣。他是浙东人，一口的蓝青官话①，却喜欢在官话里夹英文单词，居然是字正腔圆的英国发音，还笑我的美国发音不够“文化”。

民国三十二、三十三年时，说话时夹英文单词的时髦作风还是很少见的。我起先听起来很不习惯，与他熟了以后，就问他是什么大学毕业的。他得意地说：“英国牛津大学。”接着又哈哈大笑：“我的意思是，我苦学英文，完全靠父亲早年从英国带回的一部牛津字典自修出来的。在山区教中学，只需要程度够，好好地教，暂时是不计较学历的，所以我自封为牛津大学文学士。”

他带我到他的工作室，看他案头那部翻烂了再用牛皮纸层层修补的牛津字典。他风趣地对我说：“我的财产只有三样：就是这部字典、一只保温四小时的旧热水瓶和一只每天报时毫厘不差的大公鸡。”正说着，他的大公鸡昂首阔步而至，在他脚背上啄了一下表示亲热。他拍拍它的背说：“出去玩吧，别在屋里

① 旧称夹杂地方口音的北京话。“蓝音”比喻不标准。“官话”是士大夫阶层和官员出于行政需要而形成的官厅语，没有严格标准，也没有口语传授，是知识分子在环境中不经意学来的。后来指北京话。

拉屎，有客人哟！”大公鸡听懂了，走到我面前，歪着头用乌鸡眼盯着我看半天，煞是可爱。

郑先生一本正经地对我讲他如何苦学英文、无师自通：逃难中，身边一无所有，饥寒冻馁在所不计，可是这部字典必定像宝贝似的捧在手里，放在枕边，形影不离。逃空袭警报时，袋子里装的是字典；躲在山洞口，耳中听敌机隆隆之声，手中翻着字典，嘴里喃喃地背生词，背解释，背例句。一部字典，从头到尾，一字不漏地挨着次序背。背着背着，就豁然贯通起来。渐渐地就能说，能造句，能作文，读英文原著更不在话下。他叫我随便翻开一页，点一个艰深的单词问他，他竟如流水般地背解释给我听，听得我都呆了。他那股专注、坚定、锲而不舍的精神，真正令人钦佩万万分。

那时，后方出版物贫乏，工具书难求，而这位郑先生只赖一部字典，把英文读通了，可见做学问是聪明智慧一半，毅力一半。若只是好高骛远，贪多嚼不烂而不能集中精力读完一部书，看去虽有丰富常识，究竟是浮面的。

记得当年恩师曾勉励我们说：“案头书要少，心头书要多，这是古人的诲谕。”意思是说，书一本本地用心读了，消化了，吸收了，都储藏在心头，案头书自然不必堆得太多。

今天已进步到电脑资讯时代，一切供研究的资料都可输入电脑，由它代劳，案头书自然也不必多了。但我担心的是，依赖了电脑，人脑是否会愈来愈懒惰？渐渐地，电脑可以帮你吟诗作赋，电脑可以陪你下棋散步，到那时，莫说案头不必有书，连心头也不必有书了。

我不禁想念那位背牛津字典的郑先生，他如仍健在，是否要大叹自己当年背字典的枉费工夫呢？

1987 年

幼儿看戏

有一次看平剧[1]，台上演的是《芦花荡》[2]，周瑜与赵云正杀得难解难分，只听后排一个小男孩问他爸爸："这两个哪个是好人，哪个是坏人呀？"做爸爸的回答："两个都是好人呀！"小孩又问："两个好人为什么要打架呢？"爸爸说："好人跟好人有时也会打架，你不是有时也常常跟哥哥打架吗？"孩子不作声了。过了一下，又说："爸爸，我不要跟哥哥打架了。我是好人，哥哥也是好人嘛。"

我听得乐不可支。过一阵，周瑜又与黄忠打起来。小孩又问了："爸爸，那个穿黄衣服的年轻人，胡子为什么这么白呀？"爸爸说："那是假胡子，他要扮老人呀！"小孩说："不要扮老人嘛，难看死了。"

我忍不住笑出声来，回头朝他看。他正用一条白围巾蒙住自己的下半边脸，模仿台上黄忠的白胡子，发现我在看他，不好意思地放下围巾，噘起小嘴说："我不要白胡子，我不要当老人。"他的一派天真可爱使我再也无心看台上的戏了。我不禁想起自己幼年时坐在外公的怀里看戏的情景。我最喜欢看诸葛亮

---

① 即京剧、京戏等。

② 即《三气周瑜》中的一出剧。周瑜兵败至芦花荡，诸葛亮暗命张飞把守，多番戏弄，将周瑜气至吐血晕倒。

与关公，他们一出来，我就合掌拜拜；关公的马童一翻斤斗，我就拍手。我不喜欢周仓、张飞，因为他们的脸太大、太黑了。

外公边看边讲笑话，他说关公在台上把桌子一拍，喊一声："周仓在哪里？"周仓正在台下摘下胡子吃馄饨，听关公喊他，连忙上台，却忘了戴胡子。关公一看他下巴光溜溜的，又把桌子一拍说："叫你爸爸来。"周仓一摸下巴，连忙下去把胡子戴了再上来，喊一声"周仓来也"。

外公说完，边上的人都哈哈大笑。我好高兴外公出了风头。

最高兴的是第二天，戏班子全体到我家来游花园。我看出好几个人脸上的油彩没洗干净，就问哪个是关公。那个演关公的就指着自己的鼻子尖说："是我，是我。"我说："你是忠臣。我最讨厌曹操，他是奸臣。"那个演曹操的大笑说："我是演奸臣的，你看我是好人还是坏人？"我看他一脸和气，摇摇头说："我不知道。"他说："我也是好人呀。"我说："你不要演坏人嘛！"他说："都要演好人，坏人谁演呢？"我有点儿迷惘了。外公说："台上的坏人、好人，你分得清；台下的好人、坏人，就分不清啰。"我越发糊涂了。

七八岁的童子怎么懂得外公话里的意思？那时的我不就跟现在后排那个孩子一样天真吗？

1988 年

电影与我

我原是一个爱看电影的人，也曾写过好几篇看电影的回忆文，写对年少岁月的留恋、对许多名片中深长意味的感触与领悟。

如今说起看电影，却叹息那些绚烂的时日已离我远去。在台北的后十年，我从不去电影街①挤。来美后，除了在电视上偶尔重温旧片，从没进过电影院，真有点儿情怀老去的感慨。

倒是想起小时候，有一次去看关于日本大地震的电影，那情景留下深刻印象。那时我才六七岁，从不看电影的母亲难得由父亲陪伴，带了哥哥和我一起去看。母亲后来告诉我，那是唯一的一次“全家福”看电影。尽管电影的内容惊心动魄，但在母亲心头的回忆一直是非常温馨的——因为我曾多次听母亲提起那次的情景。

我呢？只记得银幕上的无数人影在晃动，刹那间，地裂开来，房屋倒塌下来。我吓得往母亲怀里钻，连声说：“妈妈，我好怕，回去吧，这一点儿也没劳莱哈台②好看。”可是哥哥看得好有兴趣，大声说：“怕什么嘛，是电影呀！”我不免用双手蒙

---

① 可能指台北西门町地区，旧称竹尾巷。后为公园用地，台北戏院、新世界、红楼、日新戏院等都设立在此地区，极盛时期曾达 37 家戏院之多，成为热闹非凡的电影街区。

② 世界喜剧电影史上著名的二人组合（Laurel and Hardy），他们的外表一胖一瘦，影片故事情节简单，引人捧腹。

住脸，从手指缝里偷看，正见一个小孩坐在一堆乱木上，一个大人递给他一样东西，大概是米饭团，他正要吃，地又震动起来，小孩跌倒了，米饭也滚落了。我又吓得哭起来。

母亲连声念“阿弥陀佛”，回到家还一直在念。她对父亲说：“听你讲中日战争，日本人好坏，天应该罚他们。现在看他们的老百姓在地震时死了那么多，心里却好难过。”

我不大懂。大我三岁的哥哥一本正经地说：“妈妈，地震是天灾，不是天罚。那么小的孩子，怎么会坏？坏的是那些杀人的军官呀。”

父亲摸摸他的头，露出赞许的神情。

又有一次，教我们读书的先生带我们去看《铁达尼邮船遇险记》①。这课书我们已读过，看起来特别有意思。看到被救到小船上的老弱妇孺流着眼泪，远远望着大船上站在甲板上的人逐渐随船沉没下去，我们的眼泪也流下来了。哥哥仰头问老师：“先生，那些守在大船上的人就是你所说的舍生取义吧！”

老师连连向他点头。

我们看的电影很少，但每回看完一部电影，都会回味好久，好像从那里面领会很多似的。这就是我们童年时代仅有的一点儿电影教育吧！

哥哥天资聪颖过人，小小年纪就能分析事理，明辨是非，可惜只活了十三年就离我而去了。我们兄妹欢乐相聚的日子非常短暂，所以这两次一同看电影使我永难忘怀。

1988 年

---

① 即泰坦尼克号沉船事件。真实事件发生于 1912 年 4 月 14 日，邮轮与冰山相撞，致 1517 人丧生，707 人生还。

伞之恋

我有好几把小折伞，朋友送的，自己买的，我都一一珍藏。因为我对伞有一份偏爱，爱它玲珑小巧，爱它撑开来时笼罩着梦境似的那份美。

撑着伞在雨地里漫步，听伞背上的滴答之声，把世上一切的烦嚣嘈杂一起洗涤，浮起的是一片清明洁净。记得有一位诗人把伞比作整个宇宙，是一点不错的。

最记得小时候，下雨天晚上去看庙戏，外公一手打着大大的桐油伞，一手提着红灯笼，叫我牵着他的青布大围裙，一步步踩着石子路往前走。那一份欢乐与温暖，至今仍萦绕心头。

旅居中很少在雨天外出，即使外出也都是搭老伴的车，所以很少有用伞的机会。因此我常常选择下雨天撑起伞在住所附近散步，不是附庸风雅地听雨，只是为了怀念童年，享受伞为我覆盖、照顾的温馨。

在室内，我也常把所有的伞都打开来，对着阳光或灯光照照，摆在地上看看，想象它们像湖上绽开的莲花。在台北时，最喜欢看下雨天一群群上学的小朋友撑着各种彩色的伞在雨地里移动着的情景，总觉得那里面有一个小孩就是我自己。

大前年回台时，有一个雨天，在路边摊匆匆买了一把小黑伞，非常轻便实用，雨天散步时总是用它。没想到其中一根伞骨因生锈而折断了，老伴认为不能修理，把它扔进垃圾筒。我连忙捡回来，要带回台湾修好。我真想能找到多年前在故居墙角边修伞的那位老人。那一次因为伞顶掉了，有一处脱了线，他为我仔细缝好，配上伞顶。工作大半天，只收一元台币，还告诉我说："我为你在伞顶涂了胶水，这样就不容易掉，免得你再配时花钱。"我问他："您这样做，岂不是生意更少了?"他笑笑说："我是要把客人的伞修理得能长久使用，不是拿这骗钱的。"好了不起的老人，我永远记得他这句话，并曾写过一篇小文记叙他。

说起伞顶，我倒是想起当年母亲给我讲的一个故事：

一位年轻妇人和丈夫吵架，一时想不开，竟要去寻短见，走到河边，却看见她的公公手里捏着一把伞，在桥上来回地走，好像在找什么东西。她奇怪地问："公公，您在找什么呀?"公公回答说："我的伞顶掉了。"媳妇说："伞顶那么小，怎么找得到呢?"公公说："我一定要把它找到，因为一把伞没有了伞顶，就会散掉。这就好比一个家没有家主婆，就会散掉。"媳妇问："公公，您说一个家究竟是男人重要，还是家主婆重要?"公公说："两个都一样重要。男人是伞柄，支持着伞；女人是伞顶，如果没有伞顶，伞怎么撑起来呢?"媳妇立刻觉悟自己在家庭里的重要性，应当和丈夫同心协力地相依，就马上打消投河的念头，跟着公公一起回家了。

母亲讲完故事，轻轻叹一口气说："再怎么说，伞顶和伞柄总要彼此相关联啊!"

母亲的话，我长大成家后才深深体味到了。

我又想起在中学时写过一篇作文，题目是《父亲的伞》。虽然事隔数十年，而内容仍依稀记得。我写一个倔强的女孩，阴天外出时不听父亲的话，没有带伞。走到中途，下起大雨来，正十分狼狈之时，却见父亲急急赶来，一把大伞将她遮住。她仰脸望父亲的半边肩头全被雨淋湿了，偎依在父亲胸前，泪珠滚滚而下。

这篇文章，被语文老师圈圈点点，批语是“感情十分真挚”，还被公布在壁报上呢。感情真挚的原因是我头天晚上因古文背不出来受了父亲严厉的斥责，次晨负气饿肚子冒着微雨上学，到学校时，衣服和头发都淋湿了。我抹着雨水和眼泪，在自修课时写了这篇《父亲的伞》。

我也记得那时的英文课，读奥尔科特的《小妇人》，当二姐乔孤寂地踽踽独行在雨中时，猛抬头却见一把大伞伸过来把她遮住，那就是她默默敬仰的教授来接她了。

以少女情怀读这一段时感到回味无穷。

伞，确实给人以大树底下好遮阳的安全感，也撩人种种温馨的想象，因此我对它有一份特别深厚的情意。

有一回，我和老伴同撑一把大黑伞在雨中散步，我不由得絮絮叨叨地跟他念这些旧事。他呢？似听非听，却连声说很有意思，取笑地说，最有意思的还是我们游意大利时一下子走失散了，若不是我情急智生，撑着那把海水蓝的伞在大太阳下焦急地等待，让他一眼望见，也许我已迷失在威尼斯回不来了。

对了，海水蓝的大伞是我最爱的一把。出远门时总舍不得带，生怕遗失，只有在住所附近散步时才偶尔用它，享受一下蔚蓝梦境之美。

1988 年

和妈妈同生肖

我自幼怕冷。冬天里手脚冰凉，阿荣伯说因为我是属蛇的。我想："妈妈也属蛇，为什么她的手是暖烘烘的呢?"阿荣伯说："因为你妈妈整天忙碌，手脚就暖了。妈妈是勤快蛇，你是懒惰蛇呐。"我咯咯地笑了。

有一个深秋夜晚，我躺在床上看故事书，忽听墙脚嘶嘶之声，原来是一条灰白大蛇向我们爬来。我吓得发抖，妈妈不慌不忙，拿起衣橱边的阳伞，把伞柄伸过去，嘴里念着："出去吧，出去吧。"妈妈似有"降龙伏虎"之术，阳伞变成魔伞，大蛇竟乖乖地把头缠在伞钩之上，慢慢游出房门去了。妈妈立刻爬上床，紧紧地抱住我，原来她也在发抖呢。我问妈妈，蛇为什么要来呢?妈妈想了一下，笑起来说："因为我俩都属蛇，它来看看我们呀。"我搂得妈妈更紧些，觉得我们母女好亲，妈妈好勇敢啊!

有人说，蛇出现，家宅不宁。妈妈说："没有的事。只要心怀慈悲，不杀害生灵，凡事逢凶化吉。"听妈妈这么说，我不再怕蛇了。

妈妈的小脚

母亲在少女时代，最遗憾的就是没有一双秀气的三寸金莲。因为她是长女，要带着弟弟帮双亲在田间工作，缠脚稍晚，就收不小了。自从她十六岁订婚，新郎就在外地求学，迟迟不归[①]。她默默地担着心事，左等右等，等到十九岁才成婚。她心里想，新郎一定是嫌她的脚不够秀气。

没想到母亲结婚以后，父亲的第一件事就是先劝她解掉十多尺长的裹脚纱，把小脚放大，免得走路摇摇晃晃，一副吃力的样子。可惜母亲虽然把裹脚纱解开了，脚却再也放不大，因为脚趾骨已折断，不能恢复原状；就算套上松松的尖头袜子，走起路来仍旧是摇摇晃晃、弱不禁风的样子。

其实母亲并不是真的弱不禁风。她整天、整年地忙进忙出，侍奉公婆和丈夫，安排长工们的田间工作，照顾他们的饮食——每天上午十时、下午四时的接力（点心）总是别出心裁地有变化，连顽皮捣蛋的哥哥和刚会走路的我都吃得肚子鼓鼓的，像蜜蜂飞来飞去地扰着她。她以一双变形的小脚负荷起一家的重担，从没喊过一声疼。

---

① 琦君的父亲潘国纲曾多次求学。18 岁赴杭州进东瓯中学；中秀才后进入福建武备学堂（与李济深同学）；23 岁结婚后，进入保定北洋陆军学堂（与蒋介石、孙传芳、吴佩孚、吕公望等同学）；29 岁复入保定陆军军官学校。

我逐渐长大以后，时常帮她提着一木桶饲料，跟在她后面，学着她摇摇晃晃的姿态，去猪栏边喂猪；也时常看她忙完一天的家务，在硬邦邦的长凳上坐下来，揉着脚后跟轻声地说：“好疼啊！”我也在高门槛上坐下来，学着她揉着脚后跟说：“好疼啊！”她轻轻地拍了下我的肩膀，笑眯眯地说：“你若知道疼就好了。”

过了几年，父亲从北平卸任归来[①]，带回一位如花美眷。她是旗人，有一双长长的天足。一进门，母亲用吃惊的眼神把她从头看到脚，一声不响地回到自己的房间，对着镜子照了半天，叹息了一声，怅惘地对我说：“原来你爸爸喜欢大脚的。我当初不缠脚就好了。”

1989 年

① 琦君的父亲于 1927 年从北平卸任，时年 45 岁。琦君的母亲叶梦兰时年 46 岁。夫妻二人都已步入中年。

粽子里的乡愁

异乡客地，愈没有年节气氛，愈怀念旧时代的年节情景。

端午是大节，也是母亲大忙特忙、大显身手的好时光。想起她以灵活的双手裹着四角玲珑的粽子，好像马上闻到那股子粽香了。

母亲包的粽子，种类很多。莲子红枣粽只包少许几个，是专为供佛的素粽；荤的豆沙粽、猪肉粽、火腿粽可以供祖先，供过以后称之为“子孙粽”，吃了将会保佑后代儿孙绵延；包得最多的是红豆粽、白米粽和灰汤粽，一家人享受以外，还要布施乞丐。母亲总是为乞丐大量准备一些，美其名曰“富贵粽”。

我最喜欢吃的是灰汤粽。用早稻草烧成灰，铺在白布上，拿开水一冲，滴下的热汤呈深褐色，内含大量的碱；把包好的白米粽浸泡在灰汤中一段时间（大约一晚），提出来煮熟，就是浅咖啡色带碱味的灰汤粽。那股子特别的清香是其他粽子所不及的。我一口气可以吃两个，因为灰汤粽不但不碍胃，反而有帮助消化之功。过节时若吃得过饱，母亲就用灰汤粽焙成灰，叫我用开水送服，胃就舒服了，完全是自然食物的自然治疗法。母亲常说我是在灰汤粽里长大的。几十年来，一想起灰汤粽的香味，就神往于童年与故乡的快乐时光。但在今天，到哪里去找早稻草烧出灰来冲灰汤呢？

端午节那天，乞丐一早就来讨粽子，真个是门庭若市。我帮着长工阿荣伯提着富贵粽，一个个分，忙得不亦乐乎。乞丐常高声地喊：“太太，高升点儿（意谓多给点儿）。明里去了暗里来，积福积德，保佑你大富大贵啊！”母亲总是从厨房里出来，连声说：“大家有福，大家有福。”

乞丐去后，我问母亲：“他们讨饭吃，有什么福呢？”母亲正色道：“不要这样讲。谁能保证一生一世享福？谁又能保证下一世有福还是没福？福是要靠自己修的。时时刻刻要存好心，惜福最要紧。他们做乞丐的并不是一个个都是好吃懒做的，有的是一时做错了事，败了家业；有的是上一代没积福，害了他们。你看那些孩子，跟着爹娘日晒夜露地讨饭，他们做错了什么？有什么罪过呢？”

母亲的话，在我心头重重地敲了一下，因而每回看到乞丐们背上背的婴儿小脑袋晃来晃去，太阳里晒着，雨里淋着，心里就有说不出的难过。当我把粽子递给小乞丐时，他们伸出黑漆漆的双手接过去，嘴里说着：“谢谢你啊！”眼睛睁得大大的，看我一身的新衣服。他们有许多都和我差不多年纪，差不多高矮。我就会想，他们为什么当乞丐？我为什么住这样的大房子，有好东西吃，有书读？想想妈妈说的“谁能保证一生一世享福”，心里就害怕起来。

有一回，一个小女孩悄声对我说：“再给我一个粽子吧。我阿婆有病走不动，我带回去给她吃。”我连忙给她一个大大的灰汤粽。她又说：“灰汤粽是咬食的（帮助消化），我们没有什么肉吃呀。”我听了很难过，就去厨房里拿一个肉粽子给她，可她没有等我，已经走得很远了。我追上去把肉粽子给她，说：“你有阿婆，我没有阿婆了。”她看了我半晌，说：“我也没有阿婆，是我后娘叫我这么说的。”我吃惊地问：“你后娘？”她说：“是啊！

她常常打我，用手指甲掐我。你看我手上、脚上都有紫印。”

听了她的话，我的眼泪马上流出来了。我再也不嫌她脏，拉着她的手说：“你不要讨饭了，我求妈妈收留你。你帮我们做事，我们一同玩，我教你认字。”她静静地看着我，摇摇头说：“我没这个福分。”

她甩开我的手，很快地跑了。

我回来呆呆地想了好久，告诉母亲。母亲也呆呆地想了好久，叹口气说：“我也不知道要怎样做才周全，世上苦命的人太多了。”

日月飞逝，那个讨粽子的小女孩一脸悲苦的神情、一双吃惊的眼睛和坚决地快跑而逝的背影，时常浮现在我心头。她小小年纪，是真的认命还是更喜欢过乞讨的流浪生活？如果她仍在人间，也已是年逾七旬的老妪了。人世茫茫，她究竟活得怎样？在哪里活？

每年端午节来临，我很少吃粽子，更无从吃到清香的灰汤粽了。母亲细致的手艺和琐琐屑屑的往事，都只能在不尽的怀念中追寻了。

1989年

敏感的童心

童子的心灵是最稚嫩也最敏感的，像早春的兰花，必须培养在暖室中。双亲的爱，对孩子如阳光雨露的滋润，使他能正常发育，孳长。但如果天气阴晴不定，冷暖无常，花叶就会枯萎。也就是说，孩子稚嫩的心便将受到伤害了。

父母对子女们的爱心必须公平。宠爱或忽略都会产生不良后果，使他们变得不是骄纵、乖僻，就是孤独、胆怯。对独子独女过分宠爱，尤其易形成唯我独尊的性格。

我有一位朋友，她有两个男孩，却宠爱老大，嫌老二不是女儿，使她不能享“一男一女是枝花”[①]之福。她的偏心造成大儿子骄纵，小儿子自卑。有一次，兄弟俩在我家玩，弟弟拿起小相机来玩，笑得正开心，冷不防哥哥忽然给他一记耳光，喝令他放下。他惊呆了。我连忙过去抚慰他，劝导做哥哥的要爱护弟弟。哥哥却大声地说：“他好讨厌，妈妈说的。”弟弟咬着嘴唇，忍着不哭出声来，泪水一滴滴掉下来，我也禁不住泪水盈眶。他小小的心灵受到多大的创伤啊！

又有一天，他悄悄地附在我耳边说：“阿姨，哥哥的爸爸给了我半块蛋糕吃。”可怜又可爱的小人儿，他竟把自己亲生的爸

---

① 此句为俗语，下句有：“多儿多女多冤家，无儿无女活菩萨。”

爸当作属于哥哥一个人的，偶尔给他半块蛋糕，他就受宠若惊。

我也想起另一位好友。她幼失怙恃，由叔父婶母抚养成人。婶母对她爱如己出，但叔叔后来娶了二婶，二婶对她就颐指气使了。二婶要她照顾小妹妹，小妹妹打翻了墨水，染污了她的作文簿和制服，她生气地忍不住打了小妹妹几下，二婶就严词厉色地责骂她，讽刺的话深深戳伤了她的心。她感伤自己不是叔婶的亲生女儿，大婶虽慈爱，但软弱，呵护不了她。

她内心深处的酸楚与伤痛如同衣服上永远褪不去的墨水渍。直到她长大以后，想想谁都没有错，既不能怪二婶责骂，也不能怪大婶不再呵护，只恨双亲早逝。这就是人生，人生的无可奈何。

我又想起另一位好友的孩子幼年时，对他母亲的情绪变化非常敏感。他母亲因工作繁忙，偶尔心情不好时，他就会仰起头来关心地问：“妈妈，你头头痛痛呀，我给你抹万金油好不好？”他母亲看他那么可爱，马上抱起他来笑逐颜开。他又捧着她的脸问：“妈妈你不生病了？”又有一次，他母亲因事心烦，他却要妈妈看他搭的积木，妈妈厌烦地说：“别缠我，自己玩儿去吧！”一不小心，碰倒了他的得意之作。他大哭起来，做母亲的也慌了手脚，后悔不该忽略他，大大地伤了他的心。

陈年旧事，点滴都在她的心头。如今她儿子快四十岁了，他们母子相见的机会很少，即使见了面，也相对无言。儿子总好像不愿和母亲谈话，母亲也总觉得对儿子有一份难言的歉疚。母子之间似乎相距好远好远，母亲不知儿子心中在想什么。是他不愿和她说话吗？是她在儿子幼年时伤了他敏感的心吗？还是他根本不重视这份母子之情？

她只好在心中默默地为他祝福，愿他身体健康，前途顺利。她也默默地对自己说：“不要追悔了，时光无法倒流，人生原就是那么无可奈何啊！”

万水千山师友情

我手中捏着一把长不及五寸的短剑，但只要向前轻轻一挥，就刷刷刷地伸长为三尺，亮晃晃的，真像是一把龙泉青霜剑呢。设计得如此精巧，是为了出门携带方便。它不是防身武器，而是供把玩也供锻炼身体的宝剑。

在我心目中，它确实是一把宝剑，因为它是我阔别了整整半个世纪的老友王思曾①所赠。

对着闪亮的宝剑，我的思绪穿越五十年的时光隧道，回到了故乡永嘉县。那时我在永嘉县立中学任高一语文老师，王思曾则是高二学生。两间教室紧靠着。下课后，王思曾常与好几位高二同学来与我谈文论艺。

高二的语文是夏瞿禅②老师教的。那时是抗战初期，瞿禅师因杭州之江大学解散，回到故乡，也被县中校长聘来教语文。江南第一大词人教中学语文，自是大材小用，却是县立中学的无上光荣。我本来就是瞿禅师的学生，因师母关爱，特嘱我从简陋的学校宿舍搬出，住到瞿禅师寓所的楼下厢房。因此每天上课，我们师生常一同步行到学校。遇有大叠作文簿时，王思

---

① 沙里（1924—2020），原名王思曾，生于浙江乐清。曾任全国政协副秘书长、中日关系史研究会副会长。

② 即夏承焘，字瞿禅，晚年改字瞿髯。

曾必然是弟子服其劳，代为捧来捧去。亦步亦趋的祖孙三代师生情，一时传为美谈。

谢邻弦歌

瞿禅师的寓所坐落在典雅幽静的谢池巷，那里因曾任永嘉太守的谢灵运梦中得句“池塘生春草”而命名，所以瞿禅师在住宅大门横额上题了“谢邻”二字，格外引人向往。

最难得的是，楼下正屋还住着瞿禅师好友吴天五[①]先生和他的妹妹吴闻女士。天五先生是闻名乐清的大诗人，妹妹吴闻[②]也是博古通今的才女。天五先生才高洒脱，兴来时常于走廊里散步，高声朗吟自己的得意之作。我也随着学唱他的乐清调。王思曾也是乐清人，我们几个人一同唱起来，自是格外悦耳。夏师母听得高兴起来，就亲自下厨为我们炒两大盘香喷喷的肉丝米粉。瞿禅师边吃边赞美，学着新文艺腔，低声对师母说：“好妻子，谢谢你。”然后打开话匣子，有说不完的掌故，唱不完的诗篇。

谢池弦歌之声，遐迩俱闻

不久，之江大学在龙泉复校[③]，瞿禅师应聘去了龙泉，他的高二语文就由我接教。班上的王思曾和好几位爱好文学的同学

---

① 吴天五（1910—1986），名良，字天五，号鹭山。著有《周易学》《杜甫诗选》《读陶丛札》等。

② 吴闻（1917—1990），又名吴无闻。曾任《文汇报》驻京记者，夏承焘后来的夫人。

③ 1939 年 6 月，之江大学在龙泉设分校。

都同我非常亲近，他们觉得在课堂里读有限的几首古典诗，不够尽兴，乃于星期假日背了黑板到“谢邻”来，大家在光洁的地板上盘膝而坐，由我选出自己最喜爱、最有心得的诗词，为他们讲解赏析；也学着瞿禅师的音调带大家朗吟。同学们都认为我吟得铿锵有致，颇得瞿禅师真传。我也因师生情谊之深厚而乐以忘忧。

那时，演话剧之风很盛，我是语文老师兼课外活动指导，对话剧很有兴趣，就为同学们编写了一出独幕剧，由王思曾和几位男女同学分任角色，在校庆日演出。演出后，一举引发同学们的兴趣，乃请得校长同意，决定演出曹禺的《雷雨》，特请当时的名导演董心铭①先生执导，与省立温州中学来个比赛。温中演的是《日出》，那是轰动一时的盛举。记得王思曾是自治会学术股长，请我担任学生的国语指导。在当时刚刚开始文明开放的城市里，我那字不正、腔不圆的蓝青官话，居然还可以指导别人卷起舌头讲北京话，自觉得意非凡，真正过了一番“助理导演”的瘾呢！

无常的聚散

抗战胜利，回到杭州，我因照顾家庭，暂在浙江高等法院任职，同时在母校弘道女中兼课。此时王思曾已高中毕业，来到杭州，计划投考北京大学，因宿舍一时尚无着落，我就介绍他到高院任临时办事员，协助我整理法院与我家中战后散乱的图书。我们师生重逢，又能在一个机关工作，自是非常欣慰。

---

① 1934年成立的孤松剧团团长，孤松剧团在国内首次公演《雷雨》。董心铭赴台后，从事表演教育工作。

思曾将凌乱的书籍杂志等细心整理，分类编目，列出表册，依次陈列在书橱中，使同仁们借书阅读时一目了然。他工作之有条不紊，俨然是一位有经验的图书管理员。上司对他赞赏，我自然也与有荣焉。

那一段日子里，我们都读了不少文学以外的书籍，获益至多。后来思曾考取了北京大学，我也因调职去了苏州。一年后局势急转，我就匆匆去了台湾，师生从此失去联络，断了音讯。这一断就是悠悠半个世纪。

天外来书

前年，一封署名沙里、注明王思曾的信辗转到达我手中时，我不由得一阵迷糊、恍惚。急急拆开来，果然是那熟悉的字体和一帧熟悉的照片。沙里，他就是王思曾，我当年的得意门生。

几十年音书阻绝，而他学生时代的笑语神情、诚恳与干练，我们在永嘉县中时代师生相处的欢乐情景，一时涌现眼前。他信中告诉我，他是从北京回到故乡时，在刚在从美国探亲回永嘉的中学校长处看到我的作品，意外惊喜之下，立刻给我来信。阔别将近五十年，我们又联系上了，这一份欢慰自是难以言喻的。

嗣后，他陆续给我寄来多篇文章，写他回忆在杭州念初中时正值“8・14”[①]中日空战的壮烈情形，写他重访富春江参观郁达夫故居与纪念馆的深沉感想。由于他负责文化工作，足迹几遍全国，因此也记叙了许多塞外风光。他文笔洗练，内容充

---

① 8・14空战发生在1937年8月14日，又称笕桥空战。中国空军突击队从浙江笕桥起飞，由笕桥航空飞行教官组成35中队参加淞沪会战，是中国空军首次较大规模抗击日本空军。

实而风趣，阔别四十余年，读其文如见其人。难得的是他对我们当年的师生情谊仍念念在心，尤使我感动的是他的一篇《泛舟记》是读我的《词人之舟》一书所引发的感想。他写道：“词的本色是婉约、蕴藉与缠绵，常是情景交融。写景处是写情，写情处亦是写景。讲解的是古人作品，也自然融入讲解者的情思……”足见他对古典诗词体会之深。他文中说：“四十多年后的今天，我所能忆起的是青年时代的老师。”他又忆起了在中学时代和几位爱好文学的同学时常到谢池巷夏瞿禅老师的住宅“谢邻”，一同听瞿禅师讲学论词，并引了瞿禅师特为我作的一首《减字木兰花》中的句子：“池草飞霞，梦路应同绕永嘉。”无限的离情别绪凝聚在他的笔端，令人深深感动。悲悼的是瞿禅师作古已匆匆三年，我前年回大陆，因行程匆促，竟不及到杭州千岛湖他的墓园叩头凭吊。

重逢的欣慰

谈起我前年回大陆，完全是思曾诚意相邀而促成。他的工作单位是一个文化机构，他总希望在退休前能为我尽一点心意，使我在垂老还乡之日能多少享受点儿旅游参观的方便。我感念他的相邀之诚，就答应与老伴趁体力尚健时一同回去，能与阔别如隔世的长辈、亲友见面，又得以祭拜先人庐墓，也算了却一生心愿。

从行期确定之日起，我就寝食无心，直到登上去北京的飞机。整整二十多个小时的行程中，我未能合眼休息。并不是近乡情怯，而是有一种梦幻成真的恍惚和惶惶不安。即将见面的亲友们，一位位的面容都浮现眼前；世事的风云变幻，都不能影响我们永恒的情谊。人生年寿有限，我们在沧桑历尽、拨云见日的今天，得以飞越关山，享受重逢的欢乐，真不能不感谢上苍待我们之厚。

在北京机场出口处，第一眼看到的是我尚未见过面却通过无数次信的干女儿谢纠纠。她是我大学同学的爱女，美丽端庄，和照片里的一模一样。站在她后面的就是王思曾，依旧是他学生时代那一脸诚恳憨厚的神情。在贵宾接待室里，我们“语无伦次”地说着话，感到时光倒流的恍惚。

在北京两周的参观旅游节目都由思曾细心策划安排，由他的助理齐仪小姐陪同招待。齐小姐文静和善，办事负责周到，她的平易、亲切尤使我感到轻松自在。更有干女儿谢纠纠的嘘寒问暖，她与齐小姐一同照顾我们的饮食起居。冰箱里的水果饮料与各种点心取之不尽，自思几十年来的劳碌命，还真没享受过这样现成的丰厚清福呢。

我们畅游了名胜古迹。当我在九龙壁前摄影时，忽然想起了逝世六十五年的大哥，他那时十二岁①，由父亲带着住在北京，曾在九龙壁前拍过照。他每次写信都盼我到北京和他相见，但因种种原因未能实现愿望。那时候我才七岁②，怎么想得到来北京的梦直到七十多岁以后才能实现呢？我俯仰低回在九龙壁前，想起大哥照片里的童年天真神态，人生奄忽，天地悠悠，内心的怅触哀伤，并非自悲老大或感慨岁月无多，而是怅恨父亲当年为什么不让母亲和我到北京见大哥最后一面！但无论如何，我现在总算已到了北京，在大哥走过的地方低声喊着他，感觉他就在我的身边和我说话。我应该心安了。

---

① 前文《电影与我》中提及哥哥“可惜只活了十三年就离我而去了”。原文如此，不作改动。

② 前文中提及哥哥比琦君大三岁，此处应为九岁。原文不改。

此行最欣慰的是会到了梦寐中想见的朋友们。林翘翘[①]、王来棣[②]是当年永嘉中学的学生。她们都亲切地喊着潘老师，活泼健谈一似当年，却都和思曾一样，已是祖字辈的人了。这一点，我这个老朽只好自叹不如了。还有一位赵树玉，是我执教杭州弘道女中的学生，当年聪颖的少女如今是人民大学的俄文教授，不时为我送来衣服与食物，生怕我不能适应气候的变化。纠纠的尊翁谢孝苹先生是一位诗人、古琴家，又写得一手好书法。我与他虽是同门，却是望尘莫及。他多次为我弹奏古琴，三岁的小外孙女举起小胖手，踮起脚尖跳舞唱歌，使我越发地乐不可支。

另一个意外的惊喜是，纠纠的同事陈萃芳是我之江大学的学长。她是当年的校花，以出演抗日名剧《一片爱国心》[③]的女主角红遍杭城。我们握手之间，都立刻回到了年少时，之江大学情人桥的曲径通幽、钱塘江的朝暾夕晖曾留下我们多少旖旎风光和记忆。萃芳姐特别安排了之江大学的各位学长与我共餐欢聚，殷殷相约后会之期。

浓厚的师友之情使我永铭肺腑，尤不能不深深感谢思曾的诚意邀约。因他的再三催促，我们才没有错过这宝贵的重逢机会。

后会有期

欢聚半月后，我们不得不依依握别。思曾赠我以宣纸正楷书写的白话长诗一首，我回环默诵，禁不住泪水盈眶。

---

① 林翘翘（1925— ）曾任职中共中央政治研究室，作品有《流年碎忆》等。

② 王来棣（1926—2012），历史学家，中国社科院近代史研究所原副研究员。

③ 熊佛西于1925年“五卅惨案”后创作的先锋派话剧。

老同学谢孝苹听我们讲起在大雾迷蒙中夜过三峡，崔巍奇景一无所见的遗憾，乃挥毫代赋一绝云：“滟滪如牛角触忙，猿啼巫峡怨声长。有景朦胧道不得，轻舟载梦过瞿塘。”

载梦原是美事，可若载的是沉重的梦，就连轻舟也变得沉重起来。但愿师友无恙，重逢有日，不必再追寻恍惚的梦境了。

最使我高兴的是，有一天与干女儿纠纠通电话，她说会转告沙里伯伯我们对他的挂念，希望不久又可相聚。四岁的干孙女在千山万水之外的那头娇声地喊：“干姥爷，干姥姥，你们快来嘛，我要给你们吃糖球。”

多么甜美的糖球！我们怎能不再回去呢？

1992 年

梦中的饼干屋

美国的食品店里的饼干种类繁多，却没一种是对我胃口的。每回吞咽着怪味饼干时，就会想起童年时代母亲做的香脆麦饼，母亲称之为土饼干。

我那时随母亲住在乡间，母亲做的土饼干就是我的最爱。有一次，父亲从北平托人带回一罐马占山饼干[①]，母亲笑眯眯地捧在胸前，看了又看，摸了又摸，舍不得打开。我急得要命，央求说："妈妈，快打开供佛呀，供了佛就给我吃。菩萨保佑我身体健康，读书聪明呀。"母亲才笑眯眯地打开来，小心翼翼地抽出两片放在小木盘里供佛。我就在佛堂里绕来绕去，等吃饼干。母亲只许我一天吃两片，我却偷偷再吃一片，用手指掰开来，一粒粒放在嘴里慢慢地品尝，也分一点点给我的好朋友小黄狗和咯咯鸡吃。我觉得马占山饼干并没什么特别味道，只不过是北平寄来，稀奇点儿就是了。我要母亲寄点儿麦饼给哥哥吃，母亲说路太远，寄去会霉掉。那时如果有限时专送该多好呢？

哥哥从北京写信来告诉我，他一天到晚吃饼干，吃得舌头都起泡了。因为二妈天天出去打牌，三餐都不定时，他常常饿得肚子咕咕叫，只好吃饼干。我看了信，心里好难过，却不敢

---

① 马占山（1885—1950），抗日英雄，曾任黑龙江省主席。曾有商人以其名字推出香烟牌子，估此处为相似情形。

告诉母亲，怕她担忧。哥哥说饼干实在吃得太厌了，就拿它当积木玩，搭一幢小房子，叫做饼干屋，给蚂蚁住。

我好羡慕哥哥，情愿自己变成蚂蚁，住在哥哥搭的饼干屋里，就一年到头有吃不完的新鲜饼干了。

有一天，我真的做梦住进饼干屋，瓦片、墙壁、桌椅板凳，全是又香又脆的奶油巧克力饼干。我拼命地吃，觉得比马占山饼干好吃多了。可是吃到后来，房子塌下来了，满身堆着饼干。我再拼命地吃，吃得肚子好撑，嘴巴好干，就醒过来了，原来枕头边还剩着没吃完的半块土饼干——母亲做的麦饼。饼干屋却不见了。

我仔细回想梦中情景，赶紧写信告诉哥哥。哥哥回信说他生病了，什么东西都吃不下，连饼干都不想吃了。母亲和我好担忧，哥哥究竟生的什么病呢？也许只是因为想念妈妈和我，吃不下东西吧。我又赶紧写信给哥哥，劝他不要忧愁，好好听医生的话吃药；也写信求父亲带哥哥回来，有妈妈的爱，哥哥的病一定马上会好的。可是父亲的信三言两语，一点儿也没写清楚哥哥究竟生的是什么病，也没提半句要带哥哥回来的话。母亲和我又忧虑又失望。那些日子，我好像一下子长大了，长得和母亲一样年纪。我们母女天天跪在佛堂里，求菩萨保佑哥哥的病快快好。我们一边默祷，一边流泪，感到我们母女是那么地无助、无依。

哥哥的病一直没好起来。在病中，他用包药的粉红小纸描了空心体的“松柏常青”四个字，又写了短短一封信给我说：“妹妹，我好想念妈妈和你，可是路太远了，爸爸不带我回家乡，因为二妈不肯回来。我只好在梦里飞回来和你们相聚了。”我边看边哭，觉得“梦魂飞回来”这句话不吉利，就不敢念给母亲听。我写信给哥哥，劝他安心，我的灵魂也会飞去和他相聚的。就这样，我们通着信，可是那时的信好慢好慢，每周只有两天才有邮差从城里来。我每次在后门口伸长脖子等信，总是失望的时候居多。看母亲茶饭无心，我更是忍泪装欢，盼望着绿衣人带来哥哥的信。那一盒北平带回的饼干，再也无心打开来吃了。

很久以后，才盼到父亲的一封信，里面附着哥哥的一张短短的纸条，写得歪歪斜斜几个字："妈妈、妹妹，我病了，没有力气，手举不动了。饼干不能吃，饼干屋也没有了。"

我哭，我喊哥哥，可是路那么远，哥哥听不见，母亲抹去眼泪说："哭有什么用呢？哭不回你爸爸的心，哭不好你哥哥的病啊！"我们母女就像掉落在汪洋大海里，四顾茫茫，父亲在哪里？哥哥在哪里呢？

我们日夜悲泣，可是真的哭不回父亲的心，哭不好哥哥的病。哥哥走了，永远离开我们了。我再也收不到他用没力气的手所写的歪歪斜斜的信了。北平虽远，究竟还是同一个世界；现在他到另一个世界去了，我怎么再给他写信呢？

我捧起那盒马占山饼干，呜咽地默祷："哥哥啊，你寄来的饼干还剩大半盒，我哪里还有心思吃呢？你的灵魂快回来吧，我们一同搭饼干屋。世界上哪里能比我们自己搭的饼干屋更可爱、更温暖呢？哥哥，你回来吧！"

可是哥哥永不能回来了。没有了哥哥，梦中的饼干屋也永远倒塌了。

关公借钱

小时候在乡下看庙戏，总是外公或长工阿荣伯牵着我去。起先是规规矩矩坐在外公身边，猛啃甘蔗与荸荠；啃够了，就站在条凳上，踮起脚尖来看；又嫌被人挡住看不见，就要阿荣伯抱我挤到舞台边，把台上的戏囡儿（我家乡称演员为“戏囡儿”，大概认为他们是逗人快乐的囡囡吧）看得清清楚楚。我最喜欢那个演貂蝉的花旦，手托亮晃晃的铜盘，转得好利落。我还喜欢红脸关公和黑白花脸张飞，他们一出来，我就合掌拜拜，把他们当神佛一般。我尤其喜欢看张飞发脾气时跺着脚“哇啦哇啦”大叫，回家来就学给妈妈看。妈妈笑骂：“姑娘家这样粗，多难看呀？”

他们唱完戏，都会到我家大宅院来游花园。我就紧跟在他们后面，一个个分辨哪一个是扮关公的，哪一个是扮张飞的，有的连脸上的水粉都没洗净呢。母亲认出那个扮小丑的，笑着对他说：“你这个白鼻头儿在戏里是个害人精，看你人倒是忠忠厚厚的嘛！”他说：“太太，我若在戏里不当害人精就没饭吃啰！”外公坐在柴仓边的竹椅里，只是摸着胡子笑。

外公悄悄告诉我说：“你妈妈最喜欢扮蓝袍青天大人的那个戏囡儿，也就是你最喜欢的红脸关公。昨天他推牌九，把一荷包的钱输得光光的，连买馄饨的铜板都没有，向我借。我就借了他一块银洋钱。”

“一块银洋钱呀！”我的眼睛睁得大大的。

“哦，他们都好穷啊！挣一个，花一个，也不会积蓄。你不要告诉你妈哟，她会心疼，又要埋怨我乱花钱了。”

“他会还你吗？”我也很心疼那块白花花的银洋钱呢。

“还什么呀？他们今天到东，明天到西，也不知今生今世会不会再碰头呢！”外公轻轻地叹了一口气。

我愣愣的，心里说不出是什么滋味儿。

几天以后，老师要我写日记，写一篇《看戏的感想》。我原想写《我最敬仰的关公》，因为我听小叔讲过《三国演义》，心里浮起的形象是舞台上的关公，右手捧着一卷书，左手捋着长须，挑灯夜读《春秋》之威严，多么令人敬仰！可是一想到扮关公的戏囡儿是个呼幺喝六、赌钱赌得满头大汗的人，就怎么也写不下去了。

我咬着笔杆发呆。外公说：“你就写《关公借钱》，不是很有趣吗？”我连连摇头说：“不要，我不要把心里的关公变成那个样儿。”

那篇日记没写好，糊里糊涂凑几笔交给先生。先生看了很生气地说：“心太散漫，以后不许看戏了。”我心里只想哭，觉得以后也真的不想看戏了。看了戏，人究竟是好是坏，都分不清了。

1993 年

妈妈罚我跪

小时候，只要我过分顽皮，惹妈妈生气，她就绷起脸说那三个字："去跪下。"我就蹬蹬蹬跑到佛堂前的小蒲团上跪下。那是外公特别用软软的蒲草给我编的，说那才是真正的蒲团，在佛堂里跪得越久越会长大，佛菩萨会保佑我聪明又健康。所以我一点儿也不怕妈妈罚我跪。

有一天，我因为偷吃了一块妈妈刚刚做好供佛的红豆枣泥糕，不等她开口，我就主动要去佛堂罚跪。妈妈偏说："不去佛堂，就在厨房里跪。"我知道佛堂里供有一大盘香喷喷、热腾腾的枣泥糕，妈妈生怕我再偷吃。其实我就是不吃，跪着闻闻那香味也是好的。可是妈妈令出如山，我若不听话，连中午特别为我蒸的新鲜黄鱼中段也不给我吃了。我只好扮出一副苦脸央求："厨房的地太凉，太潮湿，跪久了会得风湿病的。"妈妈想了想，忍住笑说："那就在厨房里罚站吧。"罚站呀，妈妈又想出新招来了。都是我自己不好，告诉妈妈邻居小朋友王玉在乡村小学念书，背书背不出来，老师罚她对着墙壁站五分钟，因为学校的水门汀地都是灰土，而且女孩子跪着也不好看。王玉对我说时还眉飞色舞，好像觉得男生罚跪，她罚站，高他们一大截的样子呢。妈妈听了，还笑眯眯地夸老师处罚得当，夸王玉诚实懂事。现在她也要罚我站，算是让我升级了。我又娇声娇气地说："王玉是对着墙壁站，我们厨房的墙壁灰土土的，还挂着咸鱼，有一股子腥味。我对着灶神爷站，好吗?”妈妈觉得也有道理，就点点头，这时她已笑眯眯的，一点儿怒气也没有了。

我毕恭毕敬地站着，却又忍不住问：“妈妈，您小时候，外公外婆罚您跪吗?”妈妈瞪我一眼：“罚站时不许说话。”过了一会儿，再叹口气说：“你又不是不知道你外婆过世得早，是你外公把我带大的。你去问外公吧，问他有没有罚过我跪、我小时候是不是像你这样不听话。”

外公那时在廊前晒太阳，我马上朝灶神爷拜了三拜，说：“我这就去问外公。”马上溜出厨房，一次严重的罚站就这么结束了。我跑到廊前，扑在外公暖烘烘的怀里喊：“外公，妈妈要罚我跪，后来改了只罚我站，站得脚板心好疼哟。”外公敲着旱烟筒问：“你做错了什么事呀?”我说：“没做错事，只不过吃了块供佛的红豆枣泥糕。”外公问：“妈妈看见你拿去吃的吗?”我摇摇头。外公说：“不先问妈妈，自己拿来吃就是偷。”我委屈地说：“我肚子好饿，妈妈老是要我等，等供了佛和祖先，等外公和阿荣伯都坐上饭桌再分给我吃。我还小，禁不得饿的呀。”外公呵呵地笑了，把我搂得紧紧地说：“哦，小春还小，小春已经很听话、很乖了。”我仰起头，摸着外公的灰白胡须问：“外公，妈妈小时候，您有没有罚她跪呢?”外公摇摇头说：“没有。你妈妈从小就懂事，从不惹我生气。她没你命好，没娘疼她，你外婆过世得太早啊。”外公不再说话了，脸上像很忧伤的样子，我就不敢多问了。但我知道，罚跪是一种很重的惩罚，罚过跪，一定要牢记心头，不要再犯错。妈妈是因为疼我，要我学好，才罚我跪。

可是运气真不好。那天老师要我背一段《孟子》，我一眼看见他佛堂里供的也是妈妈送过来的红豆枣泥糕，闻着香味，《孟子》竟结结巴巴地背不齐全了。老师生气地一拍桌子说："跪下。"我哭丧着脸说："早上已经在厨房里被妈妈罚过了。"我没说罚"站"，因为老师佛堂前的蒲团很软，很舒服，我宁可"跪"。

老师仍很生气地说："你妈妈罚你是另一回事，我罚你是因为你书背不出来。"我就乖乖地走到佛堂前，跪在蒲团上。没想到老师又大声地说："跪在地板上，蒲团是我拜佛跪的。"我说："老师，我边跪边拜佛好吗？我会念《心经》《大悲咒》，妈妈教我的。"

大概是我那一脸的虔诚感动了严厉的老师，他沉着脸点点头说："好吧，你就跪在蒲团上念《心经》《大悲咒》，佛会保佑你聪明健康的。"他把佛堂里的一串念佛珠取来挂在我的脖子上。我闭目凝神地念起来，越念越高兴，想想老师尽管对我那么凶巴巴的，心里一定还是很疼我的，不然为什么要菩萨保佑我呢？我双膝跪在软绵绵的蒲团上，眼睛注视着香炉里升起的袅袅青烟，想着每天清早随妈妈并排儿跪着念经拜佛时妈妈一脸的虔诚，有一份说不出的安全感。我这才知道"跪"并不是一种惩罚，而是让我静下心来慢慢地想，那就是老师常常教我的"反省"吧……

岁月悠悠逝去，而当年罚跪情景如在目前。想起慈爱又辛劳的母亲，想起温而厉的老师，领悟到他们罚我跪含有多么深的爱和期望啊！

1994年

秋花远比春花净

我出生于淳朴的农村，母亲是一位勤劳节俭的妇女。我稍长后，到杭州受完中学教育。抗战中，在上海完成大学教育。他乡游子，无一日不思念家乡，思念慈母。卒业后千辛万苦地冒险赶回故乡，慈母竟已逝世半年了。我于万分悲恸中默默回忆自幼偎依在慈母身边的情景，历历如在目前。

我记得桂花是母亲最爱的花，她说任何娇艳的春花都不及桂花淡雅高洁。桂花于开过后还可以晒干，一钵钵收起来，和在茶叶中，喝起茶来清香扑鼻。母亲边说边折一枝桂花供佛，脸上浮现着欣慰的微笑。

桂花是农历八月盛开的，开放的时间相当长。母亲在清淡的桂花香中忙家务，也特别地心神怡悦。她也最爱中秋前后皎洁的月色。她说："月光多明亮啊！连绣花针掉在地上都亮闪闪的，看得清清楚楚呢。"她认不得多少字，却牢牢记得父亲作的两句得意的诗："秋花远比春花净，春月何如秋月明。"

台湾少有桂花。有一次，我走过一条幽静的巷子，忽然闻到一阵淡淡的桂花香，似从人家围墙里飘来。我驻足良久，却又看不到桂花树从哪家围墙上面伸出来，怅然若失地回到家中，提笔写下了《故乡的桂花雨》，以寄我无限思亲怀旧之情。

幽默笑话

说个笑话逗别人乐，可以给自己消愁，也可以化解恼怒与怨恨，所以喜欢说笑话的人是非常懂得生活艺术的。

乡下人在一天辛劳工作之后都喜欢说说笑话，以轻松一下筋骨。我的外公就是一个最喜欢说笑话的人，说的笑话都很幽默。那时代并没有“幽默”这两个字，大家只是夸外公是个很有趣的人。

我的一个叔叔喜欢唱京戏，唱得荒腔走板，但他逢人就唱，唱得人人都躲他。外公就讲了一个笑话：

> 有一个小偷，摸到一个戏迷家里去偷东西。东西都已偷来放在包袱里包好，正要走时，却听戏迷在梦里唱起戏来，忍不住“噗哧”一声笑起来。戏迷醒了，小偷想跑，戏迷马上起身拉住他说：“你别跑，先听我唱一段，你只要叫一声好，我就把包袱送给你。”小偷连忙说：“好，好，你快唱吧。”戏迷拉开嗓子哇哇地唱，还没等他唱完呢，小偷放下包袱说：“我要走了，包袱还给你吧。”

母亲也讲过一个笑话：有一个戏迷，总是抱怨没有人听他唱戏。有一次，他趁着一群人在广场上看卖艺人变戏法，戏法表演完了，戏迷就站在一张凳子上大唱起来，唱了一段又一段。围观的人都散光了，只剩下一个人还站在那儿笑嘻嘻地看着他。他感动地说：“老哥，你真是个懂戏的。”那位老哥说：“我是等你唱完，好拿回我的凳子呀。”

母亲常常喜欢说这个笑话，还笑眯眯地说：“我天天做菜给大家吃，也没听哪个夸一声好吃。我也是那个站在凳子上唱戏的人哩！”可见母亲也是个很懂得幽默的人呢。

最近还听一位好友讲了她自己的一段真实故事：有一年她回台湾，和女儿在车站等车，看前面站着一个美国女孩。她对女儿说：“这个女孩长得很漂亮，就是鼻子太大了点儿。”那美国女孩回头一直对她母女笑。她就用英语对美国女孩说：“我们夸你好漂亮啊！”对方笑了一下，用字正腔圆的中文说：“谢谢你，但你不是说我的鼻子太大吗？”我那朋友真难为情得恨无地缝可钻，看女孩并无生气的样子，就问她：“你怎么能说这么好的中文呢？”对方说：“我是特地来台湾，在台大研究中国文学的。”

我那位朋友才知道自己有眼不识泰山，错把会说中国话的洋人当土包子呢。

母亲的菩提树

我故乡老屋后院有一棵姿态很美、不大不小的树，不是扶桑，不是木碧，也不是名称好听的翠玉藜，只是一棵无名树。长工阿荣伯在太阳下工作，热了，脱下棉袄往枝桠上一扔。小帮工阿喜从田里捉来田螺，篮子滴着水，湿漉漉的，也往树枝上一挂。母亲拉一把竹椅坐在树下做活儿，说树叶的清香熏得她眼皮直耷下来，想打盹。她说："不知怎么，坐在树下，心里就好舒坦。"

老师因此说那是母亲的菩提树，坐在下面会安心，会悟出大道理。

有一天，树根长出一条藤，慢慢地沿着树干向上爬。阿喜要把它剪掉，老师连忙阻止："任何草木都是有生命、有知觉的，不要伤害它。"阿喜就不剪。母亲俯身去看，抚摸着小藤萝，好像它是树的儿女。

好几回，我见母亲一个人坐在树下，呆呆的，好像在想心事。我不去惊扰，她大概在对树讲话或许愿。母亲常常对树许愿。

圣诞节，教堂里的牧师给母亲送来一棵小小圣诞树。母亲把它摆在那棵树的旁边，说："圣诞树也是菩提树，看了叫人忘掉忧愁。"

母亲逝世已经四十五年，故乡老屋的那棵树还在吗？无论如何，它永远长在我心中。

奶奶的洋娃娃

邻居七岁的小女孩玲玲捧了个大纸箱放在我身边，喜孜孜地说："奶奶，我要跟你玩洋娃娃。我有好多洋娃娃哟！"

我高兴地说："好呀！"

玲玲掀开纸箱盖子，把娃娃一个个地抱出来。我一看，都是瘦瘦长长的姑娘，双手双脚都像柴棍似的，硬邦邦地撑开来，头发乱七八糟地披散着。我摇摇头说："怎么这些女娃儿都这样瘦巴巴的，一点儿也不漂亮呀？"

玲玲有点儿失望，马上说："我给她们换上新衣服，梳了头打扮起来，就漂亮了。"

我只好耐心地看玲玲给姑娘们打扮。她拿起纸盒里的一把小梳子，抓起女娃娃的长发使劲地梳，有的编条辫子，有的盘个高髻，梳得不中意又拆了重梳；衣服穿上了又剥下；再把她们的双手扳得朝天，双腿转得一只向前，一只向后，像舞蹈的姿势。玩厌了，就把她们统统扔在地板上，横一个，竖一个，有的仰，有的卧。

我看了，很不忍地说："你看你这么折腾她们，她们会生气的呀！"

玲玲说："她们不会生气，她们喜欢我跟她们玩呢。"她把一个娃娃拿到我耳朵边，用手指在娃娃胸前一按，说："奶奶，你听听。”

我竟听见娃娃轻轻地说了声“谢谢你！”逗得我笑了，心里想：“现在的孩子可真享福。我小时候，做梦也别想有这么多娃娃，想有一个都难呢！”我对玲玲说：“你要好好疼娃娃们，给她们每个人取名字，中文的、英文的都好，她们听见自己的名字会更高兴哩。你抱她们在手里，要讲故事给她们听呀！”

玲玲仰起头问：“讲什么故事呢？”

我说：“你学校老师讲给你听的，就讲给她们分享呀！”

玲玲说：“好，我明天就讲。奶奶现在先讲个故事给我听，好吗？我听，娃娃们不也听了吗？”

“好，我就讲一个我小时候抱娃娃的故事给你听。”

我就开讲了：

我像你这么大的时候，跟妈妈住在乡下。邻居的小女孩阿玉是我的好朋友。有一天，她爷爷从城里给她买来一个胖嘟嘟的洋娃娃，抱来给我看。她说：“你可以抱一下再还给我。”

我问她：“一下子是多久呢？”

她说：“你双手捧着，我数到一百下，你就要还给我。”

我心想，一百下蛮久的嘛！就抱着娃娃让她数。谁知她放鞭炮似的数得好快，一二三四五六……一下子就数到一百了。我仍然抱着不放，说：“太快了，再数一百下好吗？”

她说：“好。”又放鞭炮似的数了一百下。

我心慌意乱，也有点儿生气，把娃娃还给她，说：“还给你，明天我也要妈妈给我买一个比你的大好多的洋娃娃给你抱着玩，我数一千下，你才还给我。”

她大笑说：“你哪里数得来一千下？一百下你都数不清。”

我说："那我就不用数数，你抱着娃娃从我家后门走到前门，再从前门走到后门，才把娃娃还我。我家房子好大，你走去走回就要走好半天了。"

她又大笑说："抱着娃娃走来走去有什么好玩？我们把两个娃娃放在一起，一个扮新郎，一个扮新娘，不是很开心吗？"

我高兴得直拍手说："好呀！好呀！"

可是我的大娃娃在哪里呢？我跑到妈妈身边，拉着她的衣角央求："妈妈，给我买个洋娃娃。"

妈妈说："洋娃娃的头发乱蓬蓬的像鸡窝，眼睛睁得老大，有什么好玩？我空下来给你缝个布娃娃，软绵绵的，晚上放在你枕头边听你唱歌，多好呀！"

我想想也对，就去告诉阿玉：妈妈要给我缝个布娃娃。

阿玉说："布娃娃一下子就脏了，洗了又不会干，不好玩。"

我有点儿失望，不敢再去烦妈妈，就求阿荣伯在镇上买了个蜡做的娃娃，红短衫、绿短裤都是用颜色涂的，眼睛鼻子挤在一堆，看也看不清楚，比阿玉的差远了。

我拿给阿玉看。她把鼻子一翘，说："好丑啊！男不男，女不女，我不要我的娃娃和他配对。"

我感到好伤心，想想妈妈真小器，连个娃娃都舍不得给我买。阿荣伯买的又是那么丑，那么土，连我自己也好丑好土。阿玉的爷爷常带她到城里玩，我却连镇上都不能去，因为妈妈生怕我看见店里的东西就想买，她叫我要俭省。

我就这么一天到晚地梦想有一个洋娃娃。直到爸爸从北平回来，不久就带我去城里，但并不是去玩，而是去割扁桃腺。爸爸答应我，割了扁桃腺，就给我买个洋娃娃。我好开心，喉咙割过扁桃腺也不觉得痛了。

出院时，我抱着洋娃娃回家，马上抱给阿玉看。阿玉这才高兴地说："我们现在可以结亲家了。希望一对洋娃娃白头偕老，我俩也永结同心。"

阿玉的爷爷教了她好多成语，她统统搬出来用上了。这回轮到我大笑起来，说："你说错了，两个女娃娃怎么能白头偕老？我们两个女孩子也不能永结同心呀！"

阿玉问："为什么？"

我说："老师对我说的，像这种情形，叫做情投意合。"

阿玉说："那不就是两个人同一条心吗？"

阿玉说得也对呀！

……

我讲小时候的事儿，讲着讲着，不禁想起和我一条心的阿玉。玲玲奇怪地问："奶奶，你怎么不说话了？"

"我在想念我的小朋友阿玉。"我说。

玲玲问："阿玉是不是跟我一样大？"

我笑笑说："傻孩子，阿玉是奶奶的朋友，她跟奶奶一样，老得满头都是白发啰。"

玲玲说："我也好想老，老了就好当奶奶了。"我笑得合不拢嘴，把她紧紧搂在怀里，心里想念着天各一方的阿玉，六十多年不通音信，当年玩洋娃娃的她如今也已两鬓飞霜、耳聋眼花了。我默默地祝福阿玉身体健康，享受儿孙绕膝的快乐。

我拍着玲玲，玲玲在我怀中睡着了。恍惚中，我又回到了抱着洋娃娃的童年。

1993 年

双料冠军

中学时代，我在体育课王老师的心目中是个无可救药的“败类”，她在我心目中则是“天字第一号仇人”。彼此在校园里面对面走过时总是侧目而视，一副不共戴天的神情，因而我的体育成绩永远在及格边缘，六十分，差一分就得补考。但老师懒得给我这种人补考，以免自找麻烦。这是全校自校长到附小六年级学生都知道的事。我不但不以为耻，反因此自视不凡。

不过我仍充分表现了团队精神。凡是班级球类比赛，我一定放下最令我痛苦的数学或物理习题，去当拉拉队员，为自己班上打气助阵。其实，也因为球员代表中有一位是我的刎颈之交。

在健身房里看比赛时，尽管我与王老师仇人见面，分外眼红，但她对我那股浩然的正气也是无可奈何。

有一个学期，王老师请假，由一位陈老师代课。她的高挑身材、标准的北京话、和蔼的神情和王老师那张晚娘脸完全不同，全班同学都喜欢她，连我这个“败类”对她也无丝毫自卑或畏惧之心。第一天上课时，她依照各人兴趣，分组练习各种运动项目，捧着点名簿一个个认人。当她笑嘻嘻地朝我看时，我忽然觉得自己个子太矮小，什么运动都不会，简直一无是处，便丧气地低下头去。却听她喊我的名字说：“你不要胆怯，告诉我你喜欢什么运动。”我迟疑了好半天，才说：“我什么都不会，只会走路。”同学们都大笑起来。陈老师也笑了，笑得像一朵花。

“好，你会走路，我就把你排在田径组。”她说。

“可是我不会跳高、跳远，不会赛跑，妈妈说我心脏衰弱。”我战战兢兢地说。

“你放心。你小巧玲珑，既然不会跑，不会跳，就比赛走路吧。走路对心脏有益。”

这倒新鲜，走路也可成为一项比赛项目，我信心大增，兴趣百倍，对体育课马上不再讨厌，而是产生浓厚兴趣。于是每次上体育课，我勇敢地参加竞走比赛，居然成绩优异。到学期终了，我这个在王老师心目中无可救药之人，乃得从“败部”复活，赢得了竞走第一名。

这是我生命史上最光荣的一页。

下一个学期，王老师回来了。我已恢复了自尊心和自信心，对她也不再畏惧。第一节课点名时，她特别对我看了半天，那副晚娘脸没有了。我心想，一定是代课的陈老师告诉了她我竞走第一，所以她也对我另眼看待起来。

她喊了我一声，说：“除了竞走，你也得练练球类。”

果然，陈老师已对她夸奖了我。我昂起脖子说：“好，我愿意练打球。”

“球不用你打，只要会躲就好了，叫做躲避球。”

同学们都大笑起来，我却气得要哭了。王老师难道仍旧歧视我，跟我过不去吗？但既然是她指派的，我无法反抗，只好跟几个和我一样矮小的同学练习所谓的躲避球。一个人扔球，另一个人躲球，以不撞到球为胜利。到学期终了，我又得了躲避球第一名。瞧，我居然是双料冠军哩！

爷爷的味儿

十岁的侄孙望着窗外远处，忽然若有所思地说：

“好久好久没有闻到爷爷的味儿了。”

“爷爷的味儿？”我没听懂他的意思。

他的奶奶解释道：“他在想念他的爷爷，因为他从小喜欢钻在爷爷怀里睡。爷爷爱用粗肥皂洗澡，所以有一股子味儿。”

“原来如此，”我就问侄孙，“爷爷的味儿是什么样的？”

“好好闻啊，暖烘烘的，有点儿香，也有点儿臭。”

“那你快写信去催爷爷来嘛。”

“我写了，但是爷爷好差劲，都不回我的信。奶奶说他太忙了，他是科技专家，还被请到俄罗斯去商谈技术合作呢。奶奶说西伯利亚好冷好冷，爷爷睡在被窝里，是不是还有那股子味儿呢？”

他的圆脸胖嘟嘟，从一对乌黑的眼睛中看得出，他是多么想念远在地球那一边的中国大陆的爷爷啊！

爷爷的味儿确实好温暖。我想起自己幼年时，爷爷去世太早，是慈爱的外公牵着我小手长大的。外公是种地的农夫，高高瘦瘦的个子，四肢灵活，走起路来健步如飞。他每年腊月都来我家过年，背上背一个大布袋，里面是他自己做的百果糕和山楂果，命妈妈祭了祖先、灶神后再分给孩子们吃，保佑我们长命百岁。外公一来，就叫老师放我年假，那半个月是我一年中最快乐的日子。坐在外公怀里，听他讲那些讲了几百遍的故事。外公的厚棉袄里散发出一阵阵的味儿，暖烘烘的，好好闻，闻着闻着就安心地睡着了。外公说自己是吃山薯长大的，所以身上有一股子山薯的香味。他爱喝酒，喝茶，所以又有酒香、茶香。妈妈说外公常年不洗澡，因而还有一股子汗香。外公听了，张开缺牙的嘴呵呵大笑，笑起来更有一股子旱烟香。但他抱着我的时候是不抽烟的，生怕烫到我。

如今回想起来，外公的各种味儿不就是侄孙想念的“爷爷的味儿”吗？

外子每回听侄孙念着爷爷，就会想起他弟弟幼年时活泼顽皮的神态。年光飞逝，如今那顽皮孩子已做了爷爷，我们两次回大陆都与他相见畅叙。他虽已两鬓飞霜，但手足重逢，欢慰中仍显露出一脸的纯真憨态。他兴高采烈地对哥哥说着他的工作计划，一停下来却拍着膝头呢呢唔唔地念起来：“我的小白猪，我可爱的小白猪。”因为他白胖的孙儿是属猪的。我对他说：“小白猪好想念你啊！你的小外孙女也好想念你啊！快快结束你的工作，到美国去一家团聚，让小白猪和小外孙女多闻闻爷爷的味儿吧。”

他咧着嘴笑说：“可不是吗？尽管我那小外孙女儿爱干净，我还是要搂着她，让她皱起眉头，闻闻爷爷的味儿呢？”

对着他那一脸笑逐颜开的神情，我不由得想象他童年时的天真憨态——他们兄弟俩是不是也爱投在爷爷怀里闻爷爷的味儿呢？

1994 年

喝过净水的孩子

我是在浓厚的佛教气氛中长大的。我的双亲、老师都是虔诚的佛教徒。老师在我考取初中以后，就飘然引去，出家为僧了。

五岁时，老师教我认方块字。他在四方红纸上写了一个字，高高举起，笑嘻嘻地问我："知道这是什么字吗？"我立刻说："'人'字。"老师摇摇头。我心里想，小叔不是一天到晚念"人、手、足、刀、尺"吗？这不是'人'字又是什么字呢？老师教我合掌向佛拜三拜，说："这个字是'佛'字。佛保佑你长生、聪明。"

我认识的第一个字就是"佛"字。我马上朝佛堂拜了三拜，好高兴我已认识笔画这么多的一个字了。因此一翻开书或报纸，第一就找"佛"字，因而把"弗"字也看成"佛"字。认识"佛"字以后，觉得"人手足刀尺"好容易啊！

每天清晨，我必定跪在佛堂前跟母亲念《心经》《白衣咒》，再念阿弥陀佛、观世音菩萨。念佛珠挂在颈项上，拨完两圈，再拜三拜，然后母亲把换下来的一杯净水给我喝。我说上面有香灰，母亲说："香灰才好啊，保佑你平安。"喝完那杯淡淡的净水，我就要求吃一块麦芽糖。

数十年来，迭经丧乱拂逆，在惊惶、烦乱、不安之时，心中自自然会升起慈悲的佛像，喃喃地念着佛号，也会想起幼年时跪在佛堂前喝净水的情景，几位慈爱亲人的脸容也同时出现眼前。我立刻觉得有勇气面对忧患，心头感到一阵温暖，眼睛因泪水的洗涤而愈益清明了。

总记得老师对我说：“你的下颚很薄削，恐非载福之相。但修心可以补相，你一定要修行积福。”我非常相信“修心补相”这句话，因此总时时在心中存着好的念头，记住别人对我的好，想着世间许多苦难的、需要援助的人。觉得自己真是几生修来的福，能平平安安活到六七十岁。

我因而怀着满心的感谢，愿以回报人间。一个人如心中没有怨恨、恐惧、彷徨之感，出现在脸上的不就是安详快乐的神情吗?

境由心造，相也由心造。修心补相，也是这个意思吧!

至今，我时常满足地想到自己当年是喝过净水的孩子。如今虽已步向老年，而净水给我的智慧与福泽是无穷的，因为那点滴清泉时时在提醒我，所谓“佛法无边”就由于广大无边的慈悲。敬奉佛，心存慈悲之念，祈求的不是个人的福祉，而是整个世界、整个人类的和平幸福啊!

和老师讲禅话

我七八岁的时候，随妈妈住在乡下，由一位信佛的老师教我读书。我不肯用心认字背书，却爱听老师和一位叔叔讲些我半懂不懂的禅话。叔叔很疼我，有时候也教我讲禅话。

有一天下大雨，我趁老师打瞌睡，偷偷出来站在廊前吃麦芽糖。没想到老师已经走到我后面，大声问："你不读书，在这里看什么？"我咽下麦芽糖，说："看院子里大大小小的水泡，一会儿合在一起，一会儿都破了。"老师又问："你听见什么？"我说："听见雨滴打在瓦背上，像很远又像很近的样子。"老师再问："你在想什么？"我低声说："想老师有一天要去当和尚了。"老师笑起来，摸摸我的头，问："那么你跟谁读书呢？"我立刻说："我不要读书。我要陪妈妈念经拜佛，保佑老师早点儿得道升天。"说着说着，我竟然哭起来了。

事隔几十年，我仍然记得这幕情景。现在把这件事说给小朋友们听，心里还是很难过，不知道自己当时为什么会哭，是不是老师太严厉？还是因为舍不得他去当和尚？

别针风波

整理抽屉，捡出一枚精巧的胸针，摆在手心仔细欣赏，却想起了中学时代的一段有趣往事——那是整整六十年前的陈年旧事了。

那时我是初中三年级学生。每周五的周会，我们初三1班和高三1班并排儿排成两行，随着悠扬的钢琴声慢慢进入礼堂。全班同学都昂起头，觉得自己好神气啊，因为马上就要毕业了。校内的毕业考试已经通过，全班甲等，全班都是高材生，把校长、教务长、训导主任乐得嘴都合不拢。各位老师也都对我们另眼看待。校长不再用一对圆圆的铜铃眼瞪我们，不再检查我们的制服是不是穿整齐，头发是不是齐耳根。我心里好轻松，忍不住从口袋里摸出最心爱的一枚别针别在胸前，得意洋洋地向前走去。慈爱的训导主任对别针望了一眼，笑了一下，点点头。近视的教务长眯起眼睛看半天，伸手摸了摸，也点点头。校长没有站在旁边，她要陪教育厅一位什么贵宾坐在讲台上，我不用担心被她看见，心中觉得自己好神气，比同学们高了一尺，因为我有一枚美丽的别针。

别针是母亲给我的。三颗圆圆的珍珠摆成一个三角形，左右上角配两片椭圆形的红宝石，变成一只蝴蝶，实在玲珑可爱。母亲平时是不许我戴的，只在我生病发烧躺在床上时，才许我别在袖子上左看右看，带着满心欢喜入睡。这回是初中毕业的最后一次周会，我央求母亲让我在同学面前出出风头，她含笑同意了。

大家在礼堂里坐定以后，校长陪了教育厅那位贵宾进来，请他上台去演讲。他讲得口沫飞溅，我们都鸦雀无声，只听他满嘴的“妇扭、妇扭”，后来才知道他是说“妇女、妇女”。我们边笑边轻声学他说话，同学们又都伸过头来看我胸前的别针。不料校长忽然走下讲台，一直走到我这一排，指着我说：“把别针取下来，现在不许戴。”我战战兢兢地取下别针，放回口袋里，只好做出很专注听讲的样子。

将散会时，却听见后排的同学菊芳对另一同学兰生说：“你看她今天戴了别针好神气，还不是挨了校长的骂？只好收起来。等一下我们趁她不备，把别针偷来藏好，看她会急成什么样。”兰生没有作声，但她一定是同意合作了。我心里好气，因为兰生是我最信赖的同学，她居然要和人联合捉弄我，那我就先捉弄她们一下。回到教室里，我把别针包好，放在座位下抽屉的一角。英文课下课以后，我忽然大喊“我的别针不见了”。此时，兰生以为是菊芳已把它偷去藏起来，菊芳以为是兰生把它偷去藏起来，二人相视而笑。我心中暗暗得意，她俩上了我的当。直到她们知道彼此都未对我下手时，兰生倒为我着急起来，猜想是否从礼堂回教室时，别针掉在楼梯上了。于是她上下楼梯好几次，为我仔细寻找，都没有影子。我心中越发得意，就越发做出焦急的样子，兰生也越发为我担忧，深恐我回家受母亲责备，也心疼我美丽的别针没有了。她再三对我说：“你回家千万不要说别针丢了，明天我们再在草地上找找看，也拜托工友打扫礼堂时在每张椅子下仔细看一下。”她这样细心体贴我，我心里万分不安起来，很想向她招认别针是我自己藏起来吓唬她们的，但又一时不好意思开口承认。直到快放学时，我想从抽屉里取出别针，向她们说找到了。我不能一直欺骗她们，否则回家后会一夜睡不安。当我理好书包，在抽屉里仔细一摸，别针没有了，真的不见了。这下子，我不禁大叫起来：“我的别针真的没有了。”听得兰生目瞪口呆，奔过来问我：“你怎么现在又叫呢？别针不是在早上周会时就不见了吗？”这时我才边哭边一五一十地对她说了真话。现在自己藏别针的地方却被别人发现，取走，这下怎么办呢？兰生虽然有点儿怪我不该骗她，害她一直为我担心，但别针真丢了，她更为我担心。这时菊芳走过来，笑嘻嘻地问：“什么事这么紧张？别针丢了吗？”我啼笑皆非，也不知如何对她说才好。我原是想捉弄她们，反而受到现世报，却又不愿向菊芳吐露真情与内心的恼恨，只呆若木鸡，一声不响。聪明的兰生却看出菊芳的表情有异，问她：“你为什么笑？你看到没有？”菊芳从口袋里慢条斯理地摸出别针说：“别急了，在这里。”我真是又高兴又生气，高兴的是别针无恙，生气的是菊芳怎么会从我抽屉里拿走别针。她终究还是捉弄了我，我输给她了。

我接过别针，紧紧捏在手心，咬牙切齿地说：“我戴我的别针，别人为什么要看了不顺眼？我又不是偷的。”菊芳笑容顿敛，也生气地说：“难道你以为我要偷你的别针吗？”

我好像受了无限委屈，抽抽噎噎地哭起来。兰生马上用双臂围抱住我，安慰我说：“不要生气了，大家都是要好的同学，都没有坏心眼儿的。只是开个玩笑罢了。”

望着兰生大姐姐般友爱的神情，我内心又忏悔，又惭愧，也忍下了想对菊芳再说报复的话。

我把别针带回家中，还给母亲，乌烟瘴气地说：“妈妈，我再也不要戴这枚别针了。”母亲笑嘻嘻地问：“怎么了？是老师不许你戴吗？本来嘛，穿制服怎么能戴珠光宝气的别针呢？”母亲越说，我越伤心，禁不住又流下泪来，也忍不住把这段偷别针的玩笑事仔仔细细地对母亲说了一遍，她边听边笑，把我紧紧搂在怀中，拍着我说：“不要哭了，同学像亲姐妹，越吵越亲嘛！”

如今我抚摸着这枚别针，两位同学顽皮的神情、母亲慈爱的容颜都浮现心头。年光却已逝去整整六十年，一甲子。

与兰生在美重逢，欢聚中，曾和她谈起这段往事。她只是笑，却已恍恍惚惚，不记得了。三年前，她竟因心脏衰竭突然逝世。故旧凋零，当年同窗也都风流云散，少女时代点点滴滴的往事，就让它尘封在记忆的一角吧！

1994 年

中个女状元

记得小时候，母亲总在厨房里忙得团团转，叫我走开别缠她，还生气地说："我真要去跳潭了。"吓得我连忙躲到姑婆怀里。慈爱的姑婆搂着我，捏起我的小胖手低声唱："十指儿尖尖会绣花，双脚儿尖尖会当家。"母亲却马上说："我要她一双大脚跑天下，十指尖尖写文章，写的文章长又长，将来中个状元郎。"姑婆说："听见没有？把书念好，字写端正，长大了要考个状元郎哟！"我看母亲一会儿生气，一会儿笑，就噘起嘴说："妈妈还说要去跳潭呢，一直也不跳。"姑婆轻轻拍了我一巴掌说："你这个笨丫头，你妈妈跳了潭，你还活得了呀？"母亲听见了，走过来摸摸我的头说："你还没长大，我怎么能跳潭？我还等着你中女状元呢。"

我知道，女状元就像戏台上穿大红袍、帽子上插了两枝花的大官，好神气哟！就在心里想，一定要多认识几个方块字，把作文作好，考个女状元，让妈妈和姑婆高兴。

考个女状元是我的童年梦，一直伴随着母亲的笑影泪光，指引着我长大。可是中学六年，由于数理成绩较差，很少能争取到全班第一名，心中十分懊恼。幸得在上海念大学时，有一次，四所教会大学联合举行作文比赛，题目是《中学六年级作文集序》。由于我背的古文较多，这个题目写来得心应手，竟得了第一名，马上写信告诉母亲。叔叔来信说，母亲笑得几天都合不拢嘴，告诉左邻右舍，说我真的中了女状元。

大学一毕业，我连忙寄一张戴方帽子、披学士袍的照片给母亲。叔叔又来信告诉我，母亲把照片放在枕头边，每天早晚都捧在手里，眯起近视眼看了又看，对姑婆说："有这样争气的女儿，我不用去跳潭了。"

亲爱的母亲啊！您哪里知道，时代不同了，大学毕业生满坑满谷，戴顶方帽子，哪里能跟古时候穿大红袍的状元郎相比呢？

但无论如何，那毕竟是母亲唯一的安慰，也是对我最大的鼓励。

从大陆到台湾后，为了生活，所学非用地进了法律界当一名区区的记录书记官。不久，由行政机关调训练所受训，因成绩优良，结业时名列第一。外子捧着我那张编为第一号的结业证书，笑着对我说："这一次你总算如愿以偿。"我茫然地望着他，他解释说："因为'书记官'的名称，听起来好歹像是个'官'。何况你又是第一名，证书是高级机关所颁，不等于中了女状元吗？"如此说来，我也算过了官瘾了。

记得当时业内前辈林纪东[①]教授曾当面嘉勉我，劝我参加法官考试，我却以无信心也无兴趣辜负了他的好意。何况即使真的当上了法官，威风如披大红袍的女状元，以我优柔寡断、狠不起心肠的性格，恐怕当不了三天官就要"解甲归田"了。

所幸的是，"中个女状元"的童年美梦使我永远像是伴随在慈母身旁，兢兢业业地读书，写作。中不了女状元，反倒"无官一身轻"呢！

1993年

---

① 林纪东（1915—1990），台湾地区法律学者，专长为公法学，曾任台湾大学、东吴大学等校教授并担任台湾地区三任大法官。

卷二　文人与书生

文人与书生

涵碧[1]在信中提到文人与书生的不同。她说："一般人都把文人与书生混为一谈，赞美满腹诗书、性格又有点儿突出的人有文人气质或书生本色。其实只有书生才有本色，文人实在说不上什么本色。"

我非常同意她的看法。书生是真正的读书人，沉潜、谦冲、虚怀若谷、彬彬君子；而文人只是舞文弄墨，或党同伐异自我标榜，或哗众取宠乱人耳目。书生有所为，有所不为；而文人可以无所不为。吾人常叹文人无行，却没人说书生无行，倒有赞书生骨气的。

读书著述，要做文人或书生，只在一念之间。差之毫厘，谬以千里。晋代的陶渊明是书生，竹林七贤只能算文人，因为他们标新立异、偏激、癫狂（不是狂狷）、自命清高、傲慢造作。司马光、范仲淹、欧阳修、苏氏父子是大儒，也永不改其书生本色，他们都有高瞻远瞩的政治识见与忧国忧民的伟大襟怀，尽管彼此间有不同的主见，但都是大公无私的论辩而非攻讦。苏老泉[2]在欧阳修家中见到王安石，说他"囚首丧面，而

① 台湾地区资深媒体人吴涵碧，作品有《吴姐姐讲历史故事》，为报纸儿童版文章结集，是台湾地区 70 后、80 后的历史启蒙读物。

② 苏轼的父亲苏洵。

谈诗书”“误天下苍生者，必此人也”①，是因为王安石衣冠不整，不修边幅，生怕他“一身之不治，何以天下国家为”②，并非对他人身攻击。王安石当政以后，变法失败，固然是由于保守派的阻力，一半也是由于他刚愎自用，无知人之明，可见他仍是一半文人，一半书生，没有把五车的书全部读通之故。

苏东坡尽管在政治上受了许多打击，却能坦然处之，对于王安石仍怀有无限故人之情。王安石退位后卧病金陵，东坡去探望他。王安石心感之余，倒很想东坡能与他比邻而居。东坡作了一首诗答谢他的美意：

> 骑驴渺渺入荒陂，想见先生未病时。
> 劝我试求三亩宅，从公已觉十年迟。③

从公已觉十年迟，是多么深沉的感慨。想当年先生未病之时、叱咤风云之日，东坡却被远谪琼州瘴疠之地。他在给弟弟子由的诗中还豁达地说：“他年谁作舆地志，海南万里真吾乡。”④

比起韩愈被贬谪时愁苦万状，叹“马后桃花马前雪，出关争得不回头”⑤，苏东坡的心境开阔高远得太多了。

因此我觉得苏东坡真有历久弥坚的书生本色，难怪他的知友佛印和尚赞美他“胸中有万斛书，笔下无一点尘”⑥。

---

① 出自苏洵《辩奸论》。

② 出自清代刘蓉《习惯说》，原文为：“一室不治，何以天下国家为？”

③ 出自苏轼《次荆公韵四绝》。

④ 出自苏轼《吾谪海南，子由雷州，被命即行，了不相知，至梧乃闻其尚在藤也，旦夕当追及，作此诗，示之》。

⑤ 或出自清代徐兰《出关》。

⑥ 或出自黄庭坚《跋东坡乐府》，原文为：“非胸中有万卷书，笔下无一点尘俗气，孰能至此？”

修炼到“笔下无一点尘”的境地，岂是容易的？所以文人与书生是有差别的，是不可同日而语的。

1987 年

恩师的诲谕

数十年来，每于伏案写作之时，总会想起当年恩师夏承焘先生的许多诲谕，心头感到十分踏实温暖，也有助于我的写作灵感。愿记其一二，与同好共勉：

恩师说：一个有自信心的作者，必须也是一个虚心的读者。作者爱惜自己的文章，读者爱惜别人的文章。能爱别人的文章，自己的胸襟就会开阔，文章境界也随之提升。

他自己不写新文艺的语体文①，却非常喜欢读。每读到一篇好文章，必定遍告诸生，用他浓重的乡音说："奶（你）们快快读，写作的灵感是读别人的文章读出来的。"他常常爱说"年来书外有工夫"，大概就是指这方面的感受吧！

最使我深思的是恩师有几句话："文章要以心写，不是只用脑写。从心里写出来的，才见真性情；用脑子写出来的，只偏重文字技巧。与其文胜质，宁可质胜文。"无论理论文章还是抒情文章，他都重视一个"诚"字。抱持一颗"诚心"而写，虽不中，亦不远矣。

---

① 语体文，指相对于文言文，以现代汉语口语为基础，经过加工的白话书面语。自唐变文至宋元明清的话本、小说及宋元以来部分学术著作、官方文书，都属语体文，也称白话文。五四以后，在全社会普及。

他认为心灵与智慧是两回事，智慧有高低之分，而心灵是人人相通的。只要是从心灵里流泻出来的文章，必然能引起人的共鸣。

关于文章的繁简，恩师作了个有趣的比喻。他说譬如泡茶，茶叶的分量要恰到好处，喝起来才清心可口。太浓了，苦涩；太淡了，乏味。会品茶的人，是品味每一口里茶的清香，而不是嚼茶叶，所以茶叶不能太多。如同写文章不能把太多的材料挤在一起，浓得化不开，读者就只尝到茶叶的苦涩，而品味不到茶的清香了。

1987 年

读诗的联想

诗与散文不同。诗是点，散文是线。诗是语言中最精美的，细腻、深邃、含蓄。诗能言散文之所不能言，但又不欲道尽散文之所能言，只让你随着诗人的想象、诗人的哀乐，辗转迂回而自得之。

人在急躁中不能读诗，在愤怒中不能读诗，在忧伤中不能读诗，必须是心情平静，如一泓清澈的潭水时，才能领略诗中妙趣、逸趣、情趣，甚至理趣。

关于读诗于心灵上的感受，余光中先生作过一个比喻。他说："读者读诗好比赏花，学者读诗好比采花，诗人读诗好比采蜜。"比得相当恰切。这是讲读诗者的身份、修养不同而心情各异。读者对诗无所偏爱，无所选择，只轻松地阅读或吟唱，有如面对满园万紫千红，无不赞赏；而学者是以研究批评的眼光读诗，正如要看到自己真正喜爱的花才会采；而诗人呢？心思细密，在诗中必须领会其精华所在，好比连花本身都不能使他满足，必须是由花酿成的蜜，才够得上他的品位。

余先生还作了个更有趣的比喻，他认为："读者读诗如初恋，学者读诗如选美，诗人读诗如娶妻。"比得更为切实、生活化，仔细体味，令人莞尔。

一个人在初恋时往往一见钟情，无所选择地盲恋，也许终身以之，也许一朝弃之。胸无成竹的一般读者读诗正是如此。早期极爱的诗，也许以后读得多了，就觉得以前所爱的不值一顾了。这无关于诗的好坏，只是读者自己心情的转变。学者则是纯以冷静客观的态度分析诗，有如评判员选美，有其客观尺度条件，不为耀眼的表面美丽所迷乱。而诗人是痴的、任性的、死心眼儿的，爱一首诗永志不忘，也像爱一个人就要娶她为妻，终生相伴。

由读诗想到做学问，岂不也是如此？这三种人的读诗心态可比作一个人做学问的三个阶段。第一阶段是无所选择地博览群书；读多了以后，心中自然培养起识辨力，要选与自己兴趣接近的或是与自己所研究的有关的书来看；看的多了，选择的多了，吸收的多了，就渐渐融会贯通，产生了自己的创见，写出自己的心得文章。这不就是由赏花、而采花、而酿蜜吗？不就是由初恋、而慎重选择、而成家立业吗？

张心斋①比喻一个人读书的三种境界说："少年读书如隙中窥月，中年读书如庭中赏月，老年读书如台上玩月。"比得何等空灵？隙中窥月有一份神秘感，正是少年人的好奇心；庭中赏月则胸襟开阔，悠然自得；到了台上玩月的境界，则已是超越于尘埃之外的化境了。

1987 年

---

① 即张潮，清代文学家、小说家、批评家。安徽歙县人，字山来，号心斋居士。作品有《幽梦影》《花影词》等。下文即出自《幽梦影》。

中年读书

最近收到一位好友的女儿的信，畅谈她于百忙中挤出时间读书的快乐。她说：中年读书，感觉和少年时代读书完全不同。现在读书不但能深入地欣赏，也懂得与自身生活糅合在一起来体验。读到会心之处，真个是乐以忘忧，好似与作者促膝谈心，握手言欢。她只恨时间太少，不能反复咀嚼。

我觉得像她这样一位有三个孩子和一份沉重工作的职业妇女兼母亲，能每天读书又深入思考的，实在不多。她不但系统地读中外名著，还浏览台湾的各种报刊，遇到我们彼此都有兴趣的文章，就在通信或电话中共同讨论，乐也无穷。

她还选修了一年的“西洋文选”，体会每本名著的特色。对于卡夫卡的《变形记》，她认为是想象之极致，也可看出二十世纪的许多作品与科幻小说都深受其影响。她问我，中国旧文学中富于幻想的小说有哪些？我只想到《镜花缘》《西游记》与《聊斋》。我自己比较喜欢《聊斋》，不仅那些人鬼恋情道尽了人世的苍凉，作者对人情世态讽刺的冷笔尤引人深思。

这位朋友的求知欲非常强，永远有“学如不及”[①] 的遗憾。套句现代语，真是时时在求自我突破；古语就是“苟日新，日

---

① 出自《论语·泰伯》：“学如不及，犹恐失之。”

日新，又日新。”① 暑假里，她去学摄影。七星期的课，每周三天，每天三小时。她自况为“拼命三郎”，可是发现自己的摄影作品总有一份“朦胧之美”，原来是三年来未验光的近视眼镜度数已不对——近视减轻，开始老花远视了。

这就是她中年读书之乐，我真是深为她求知的精神所感动。说来惭愧，她还称我一声“老师”，因为三十多年前，她曾经是我的私“塾”② 学生。一个十五岁的小姑娘，每星期两个晚上，背着沉重的书包，带着两个弟弟，一同到我家来读古文。我在那间透风漏雨的违章建筑里，对着那三张纯真、朴实又聪颖的脸，不知道自己的讲解能对他们有多少启发，但他们对我的信赖和给我的温暖，至今时时在心。也由于他们读古书的诚恳态度和浓厚兴趣，引发我于法院工作之余愿再兼一份教职的念头。

时光怎么如此快就飞逝了？他们姐弟三人自高中而大学，而留学深造，而成家立业。如今这个背书包的小女孩竟也已步入中年，而且仍在锲而不舍地读书，在深深体会“中年读书”之乐。

而我呢？年逾古稀，应该是第二个读书历程的开始了。可是看看这位年轻的学生，不免为自己的懒散感到惭愧。张心斋说：“中年读书如庭中赏月，老年读书如台上玩月。”我却不知道能否有这份毅力与智慧登上高台，赏澄明清澈的月色，予心灵以忘我的启示呢？

1987 年

---

① 出自《礼记·大学》：“汤之《盘铭》曰：‘苟日新，日日新，又日新。’《康诰》曰：‘作新民。’”

② 这里戏仿“私淑”，后者指不能从学而敬仰老师，出自《孟子·离娄下》。此处指老师私下里真的在家里教授过。

悲剧与惨剧

最近一位年轻的朋友给我来信说："我喜欢读小说，但只喜欢读悲剧，不喜欢读惨剧。因为悲与惨不同，悲能引人深思，惨只是叫人绝望。"

这话很对。悲虽痛到心底，但痛定思痛之后，会萌起一丝温厚的宽容，从宽容中产生希望，从希望中体会到生命的价值与意义。因为在悲剧中没有仇恨与残杀，只有容忍与牺牲。

而惨剧呢？我认为恰巧相反，它总是尽量挑起彼此的仇恨，尽量暴露人性的丑恶面。明明可以获得圆满结局，却要故意搞得天下大乱，把一个个角色置之死地而后快，把读者的心刺得出血而后快。

我不愿虐待自己，所以不忍看惨剧性的小说。

但我们不能掩耳盗铃，因为人世间原不仅充满悲剧，更多的是惨剧。如多年前南美洲圭亚那丛林异教信徒的集体自杀，如打得难解难分永无宁日的两伊战争，如中外社会经常发生的弑父杀夫、抢劫、分尸等，哪一件不是惨绝人寰，令人不寒而栗？我们能像鸵鸟似的视而不见、听而不闻地逃避吗？面对这些惨剧，只能无奈地悲叹吗？

在这种矛盾的情感下，除了祈求上苍多怀好生之德，一个从事写作的人更当本着文学良知，多写弘扬人性善良面、人生光明面的文章，期能力挽狂澜，化社会的戾气为祥和。即使描绘惨剧与黑暗面至入木三分，其用心应当只为唤起人类的同情心、爱心。这才是满怀悲悯，这才是写悲剧不同于写惨剧的所在。

时至今日，我们的文学思潮深受西方文学各种不同派别的冲击，于是一知半解而东施效颦者有之，标新立异而哗众取宠者有之，菲薄中国传统文化美德与文学精粹而一味崇洋者有之。文坛显得一片紊乱与怪异，这是谁之过呢？我真有点儿茫然。

有一次，一位美国朋友爽直地对我说："你的作品怎么总是这样温温的？人性哪有这么善良？这种容忍的结局太不公平了，我不欢喜。要狠呀，写得狠一点儿。"

我无言以对，因为我狠不起来。我也不愿跟在时髦作家后面学狠。我有我的文学主张：我写的是悲剧，不是惨剧。

1987 年

眼高手也高

同许多读者朋友谈写作时，大家最喜欢的一句口头禅是“眼高手低”：认为自己有相当高的欣赏力，但一到提笔为文时，就深感笔不从心。几经挫折后，干脆放弃写作，只做欣赏者了。

“眼高手低”这四个字是非常误人的。多少已经引发的灵感被打消了，多少可能产生的好文章烟消云散了，都只因“眼高手低”的自我调侃，因而渐渐失去了创作的兴趣与信心。

其实，鉴赏与创作，二者是相互激发而不可分的。有了高水准的鉴赏力，自然会引发满腔的创作热忱。而就心灵活动方面来说，鉴赏与创作是应该在同一个水准上的。记得俞平伯先生曾说过一句话：“能鉴赏就能创作，因为你已经同作者的心灵相通，和他在一个水准上了。”（大意如此）这是对青年朋友极富鼓励性的一句话。我也认为，只欣赏而不创作是懒惰。“眼高手低”不是自谦，而是懒惰的借口。培养了欣赏力，同时必定促进了创作力。

当然，古今中外的名著，都是经过作者千锤百炼的精品。要想让自己的作品一下子达到那样高的水准，是不切实际的妄想。莫泊桑说：“天才是由于恒久的努力。”写作的才情是由于磨练而一点一滴累积起来的。勤于读，勤于体认，勤于写，笔自然能从心。眼高，手也自然地高了。

大学时，恩师启发我们欣赏《史记》。我常惊异于司马迁何以能将距离他那么久远的人物刻画得丝丝入扣。恩师说："作者的成功，一半是靠资料，一半是靠想象力与创造力，所以能'究天人之际，通古今之变，成一家之言'①。而想象力与创造力也是由培养而来。你如有鉴赏力，就有了同等的想象力和一半的创造力了。"恩师的话，引导我走上写作之路。

恩师又用析字法解释"笨"字，说"笨"字从竹从本：竹就是书册，表示读书是人的基本；愈是笨人，愈要用功读书。他谦虚地说自己很笨，所以一生读书不辍。恩师的教诲，时时在心，所以在读书与写作方面一直兢兢然，未敢稍懈，期能向着眼高手也高的方向努力。

1988年

① 出自司马迁《报任少卿书》。

四十年来的写作

四十年来，我一直兢兢业业地没有放下笔，一来是由于写作是一份旨趣，放弃了会感到空虚；二来则是希望以写作鞭策自己日新又新，至少使心灵与思维保持敏感、清新。所以写作与读书是我的终生寄托，在这方面的锲而不舍只是历程而不是成果。我无论怎样忙乱或心情欠佳，一投入写作，烦忧就会丢诸九霄云外。虽然文章里有喜有悲，但那是忘我的悲喜，是超越尘缘之外的悲喜，即使流泪也是快乐的。

我的作品，从构思到完成，过程是相当辛苦的。对自己来说，是一种快乐的煎熬。也许有人认为，写散文不比写小说，写小说要安排故事，穿插情节，描绘人物，呈现主题；写散文则是直抒胸臆，正如胡适之先生说的“我手写我口”。但文章究竟不同于口语，不能不下一番修饰工夫。古语说：“言而无文，行之不远。”[1] 我们读古今名家散文，无不字字珠玑。我是念文学的，喜爱诗词。一篇稿子写完以后，总要来回读好几遍，检讨上下文语气是否连贯，全文前后是否呼应，是否有矛盾；遇有句中发音太接近的字或重复的字，总要尽量修改，尽量做到文从字顺。我不喜欢玩文字游戏或故作惊人之笔，认为“平易”

---

① 出自《左传·襄公二十年》。

并不是“平淡”“平庸”——要写到平易，才是功夫。

写作是快乐的煎熬，也是苦乐参半。当一篇稿子写到一半，突然思路不通，卡住了，那真是懊丧万分；只好废笔而起，外出散步或做家务、手工，整个把它忘掉，回头来再提笔；如仍继续不下去，就把稿子撕去。相信人人都有此经验。我不是天才，很少能有一气呵成的文章，总是涂涂改改，抄了再抄。尽管再抄的字迹仍不成形，不成体，而文章却渐渐成形、成体了。到此时，心头快乐无比。

童年时代虽读过古书，但都是有口无心的背诵。直到高中、大学以后，经几位恩师指点，才真正体会其中奥妙。尤其是《左传》《史记》中的许多篇章，读一遍有一遍的领悟，觉得现代学者的许多文学理论、种种的主义，等等，都包含在我国古典巨著之中了。此二书对散文、小说之创作，可取法之处不胜枚举。至于历代大家诗词，选若干篇自己所喜爱的，时时默念背诵，则有陶冶性灵、拓展胸襟之功，于哀伤忧患中使我振奋，引导我走上人生正路。默诵诗词真有如信徒们的祈祷一般。

奥尔科特的“小妇人”系列三本小说，我一直爱不释手。这是我的中学英文课本，老师讲解时，对于我们的为文、为人启发至多，至理名言，念念在心。三书的英文平易而美妙，写平凡家庭的亲子之情有安贫乐道的高洁情操，厚道质朴的气氛洋溢全书。故事的穿插、人物的描绘亦极为自然生动。作者于无技巧中见技巧，功力实不逊于其他许多名著。《小男儿》则是极好的儿童文学，老少咸宜。我喜爱这三部书远胜《呼啸山庄》《傲慢与偏见》。我是不研究西洋文学理论的人，读小说只凭一己的爱好与直觉而欣赏，如《约翰·克里斯朵夫》写主人翁在“善与恶”“成功与失败”“享乐与苦难”之间颠簸挣扎，予我的印象深刻万分。细读一部好的名著小说，获益岂只在写作技巧上的领悟而已？

我在法律界工作达二十六年之久，一度曾任刑庭记录书记官之职。面对社会的丑恶面，对人情世故与人性更多一层认识。幸运的是，获得一二位仁慈老法官的指点、诲谕，又忆起先父母与恩师慈悲为怀的教诲，愈加希望能以文学的力量转社会的戾气为祥和，转人世的烦恼为菩提。所以二十六年的漫长岁月不但没有消磨我的志气，反给我更多的历练。我访问了监狱里的受刑人，有许多受刑人还和我通信，倾谈悔过自新的心情，使我编写教化教材时更具信心。我深感对监狱受刑人的教化、教育工作比正常的学校教育需付出更多的耐心与爱心。我也曾以法官与受刑人为题材，写过几篇短篇小说，也是一份“哀矜勿喜”① 的深刻体验。

我最爱的书是《左传》《楚辞》《史记》、杜甫诗、白居易诗、苏东坡词、辛弃疾词和王阳明的《传习录》。小说最爱《红楼梦》《聊斋》，西洋小说最爱《约翰·克里斯朵夫》《简爱》《汤姆叔叔的小屋》《小妇人》《好妻子》《小男儿》《红字》《大卫·科波菲尔》等。

我没有写过很多部儿童文学作品，《卖牛记》《老鞋匠与狗》是我的即兴之作。此外还有《琦君寄小读者》《琦君说童年》②。我不谈儿童文学的写作技巧，只是写出会使儿童们受感动的真实故事，没有幻想与虚构，没有渲染。此外大多写儿时生活的回忆，小读者们都很喜欢。我写作时，就回到儿时的心情，实实在在地写出当时的情景，因此现在的孩子与老年人（当时的孩子）会喜欢看。我写的时候，自己当年那个傻傻的样子就在

---

① 出自《论语·子张》：“如得其情，则哀矜勿喜。”

② 简体版书名为《魔笔》，收入“琦君文集”丛书。

眼前，所以并不觉得是在写回忆，只觉得自己又变成了孩子。如今虽已年逾七旬，但从不去想自己的年龄，可说是真正地“忘年”，只想到自己还有好多书要读，好多文章想写。遗憾的是时间不够，而且看过的书、查过的英文单词，转身即忘。因此奉劝年轻朋友千万爱惜光阴，趁年轻记忆强时多读书，多吸收，在成长中慢慢消化；培养辨识力、思考力，知道如何取舍。所谓智慧，我认为并非天生，而是培养的。天赋予我们的都是同样的脑筋，看你是否肯运用，肯思考，否则脑筋就生锈了。

青年人喜欢新奇是好事，但一味追逐新奇，模仿新奇，而不凭自己深切的感受而写，纵然可以取宠于一时，却不是长久的。我国古典文学宝藏无穷，可以由浅入深，慢慢地读，慢慢地培植起深厚根基，然后或同时涉猎西方名著与文学理论。对中外文学之异同，心中自有尺度，就不致一味“崇”洋或一味“泥”古了。朋友们都说，我的散文中的人物有小说的味道，但仅仅有味道是不够的。小说必须着意安排、强调、虚构、穿插，而我记忆中的人物实在太鲜活、太真实，我不忍心着意描绘，生怕他（她）愠怒而远离了我。还有一些我想起来就不愉快、曾带给我极大痛苦的人，我又没有一支凶狠的笔、一颗报复的心去写他（她）们，因为恩师与先母对我说过：“时时要有佛家的怜悯心肠，不要着一分憎恨。”由于这种矛盾心理，我笔下产生不出反派角色，因此永远只能写温厚善良的人物。

但近年来，我时时有想写小说的意念。我想起《小妇人》里除了马叔婆有点儿古怪脾气以外，不都是善良到极点的人物吗？而且到了“看山又是山”[①]的今日，正该掉转笔来，于散文之外再写点小说以自娱了。我在第一篇小说《姐夫》被《文坛》

---

① 出自《指月录》，引青原惟信禅师语。

创刊号以第一篇刊出时，曾对自己许下心愿：要写一篇长长的好小说。悠悠几十年飞逝而去，这篇小说在哪里呢？我对自己又如何交代呢？岁月不居，不知道上天留给我的还有几年？我真的还能写吗？而那个时代的人性、那些人物的悲欢离合和彼此之间的倾轧，他们的爱与恨不写出来，岂不都将被我埋没了吗？

再次尝试写小说固然是另一种挑战，我却又怕注定会失败。因为我愈看新秀的作品愈迷茫，小说究竟应当怎样落笔？我终于想起恩师的教诲："任何文章都可以读，都可以写，但求不失却自我。"那么还是照着自我既定的方针写自己熟悉的人物，不要去关心什么主义或理论了。

中国古典诗词蕴藏至丰，多读，多体会 ，自可引发兴趣。不一定要懂得技法与音韵平仄，只要于朗诵时心中有一份意境和美的感受就有益了。我虽不懂现代诗，但现代诗人多半于旧诗词有深厚素养。新诗想象之丰、比拟之鲜活、遣词练句之精，多读可有助于散文之凝敛。我喜欢将西洋名著翻译与原文对照起来细读，这并不是偷懒，而是可以体会译者对原著领悟之深刻和他翻译时一字不苟之苦心，因而对两种不同语文在思想感情上之精妙表达方式有了贯通，于其中可获得无穷乐趣。这也是进修英文与练习写作的一种方法。

我始终认为，创作上一个最重要的字就是"诚"。"诚"就是真挚的感情、正确的思想。古语也说："修辞立其诚。"① 不诚无物。没有真切的感受，只是在文字上玩技巧，终落得空疏无内容。秉一个"诚"字而写，便是至情至性的好文章。

其实写什么内容都无关系，只要是自己的深切感受。一花一木、一粒沙子中都可见大千世界。只要不是为文造情，只要

---

① 出自《周易》："修辞立其诚，所以居业也。"

不写梦呓似的、叫人看了如堕五里雾中的文句。能寓情于事、寓理于情的，都是有可读性的好文章。

至于缅怀旧事之作，必须对现实人生有所启迪，不能一味怀旧，否则，那真变成“今之古人”，变成一点时代意识都没有的陈腐人物了。

旧书新义

文友喻丽清①在她的随笔中说："读旧书，可读出新义来。"她说的旧书，不一定是指古书，而是泛指已经读过的书。读一遍自有一遍的心得，所谓温故而知新也。

现代人生活节奏快，但无论如何，总要有个意定神闲、与书为友的时刻。见闻日广，领悟益深，心胸自然开阔了。

在今日多元化的社会情态中，各种书刊如潮涌来，令人有目不暇接之慨。但开卷总是有益，他山之石，可以攻错。读旧书可悟出新义来，读新书也可悟出旧义来。此"旧书"则指的是"古书"。于是新旧交融，上下贯通，可获得无穷乐趣，真个是"书中有真味，欲辩已忘言"。

但有时读某些"现代派"作品，却似乎是诗非诗，文非文，亦诗亦文，不诗不文，似小说非小说，说理乎？抒情乎？使我这个"今之古人"如堕五里雾中，只好自叹追不上潮流，落在时代后面吃灰尘了（好友常笑我头脑冬烘，不合时宜，乃以"今之古人"雅号见赠，自感当之而无愧呢）。

现代人有借用哲学术语的"几度空间"论写作技巧者。某次，一位作家在演讲中说，写小说要有"三度空间"，即作者、

---

① 喻丽清（1945— ），台湾地区散文家，浙江金华人。作品有《清丽小品》《山雾居手记》等。

读者、书中人物各有空间。可惜我未去听。据我想，大概是作者写小说时全心灵地注入作品中，这是作者的空间；但必须设身处地，以书中每个人物的心情为心情，这是书中人物的空间；但有时又必须跳出此二者，以第三者纯客观的眼光来描绘一切场景与心态，这是给予读者的空间。但若该小说是采用第一人称“特定观点”的手法，则只能透过小说中的“我”来体认一切而无法用第三人称的“全称观点”来透视一切了。

这是我粗浅的想法，瞎子摸象，不知当否。我也曾试读那位作家的小说，发现他在叙述中常忽然加入“读者”二字，觉得文气颇有被割裂之感。仔细想想，也可能是这样喊一声“读者”，是为了引起读者注意，给读者一点空间吧。想起旧小说中写到精彩之处就喊一声“看官们”，可能是同一用意吧！若真是如此，则也算是一种新旧笔法的交融。

但我认为，无论散文、小说、诗，总要能引起广大读者共鸣的才是好作品。也就是说，文笔方面，必须用的是大家的共同语言，不作怪，不卖弄技巧，不标新立异，不哗众取宠。方言可以有限度地运用，是为了传真传情而不是故意刁难读者。太史公写《史记》也偶用方言，或用重复字以形容口吃，就非常传神。当年王文兴的《家变》固曾轰动一时，作者以“文字变”象征“家变”“心理变”，有意描摹福建方言，但通篇都如此，使读者们读得十分辛苦，也就感到留给读者的空间太少。当年我也是用心的辛苦读者之一，还曾写了一篇读后感，刊于当时的《书评书目》月刊上以就教于高明。如今事隔多年，对该书记忆犹新。可见一种特殊的文体也产生特殊的作用。此是题外话，顺便说说而已。所以我主张文笔要尽量用共同语言，才能引起共鸣。

至于内容方面，散文是抒写个人的思与感，态度必须诚恳。

第一不要扬己贬人，不谩骂，不讽刺。文字要写来顺手，读来顺口，听来顺耳；于平易中见深思，于真挚中见胸怀。小说的情节须从人性出发，从生活着眼（海明威语），不离奇怪诞，不渲染色情，如此才是天地间一等好文章。

古人说："书信是千里面目。"①今日大众传播如此发达，文章见诸报刊，岂止千里面目？故下笔之际不可不谨慎，不可不诚恳。

总之，要敬重读者，时时把读者放在心中，如同与好友对谈，作品才能引发读者的共鸣，才能真正享受到写作的乐趣。

1993 年

① 出自南北朝颜之推《颜氏家训》："尺牍书疏，千里面目。"

我写作的信念

1

数十年来，我一直以一份非常单纯的心情从事写作，从来没有试着去探讨生命的价值、文学的使命，也不去烦心适合什么潮流或刻意为自己建立起什么风格。

我只相信“文章千古事，得失寸心知”①。我总是兢兢业业、诚诚恳恳地写我的所见所闻、所思所感，心灵上确实获得无比的欣慰，所以我始终对文学抱持着单纯的信念。

也许是由于我当时所处的社会环境不像今天这般多元化地复杂，文学上没有像今天这么多的理论，西洋文学教授的学院派理论也只限于课堂中的讲授，很少看到有哪个作者根据什么文学主义、什么文学派别而写散文小说。

可是时下有些文章虚无缥缈，不着边际，满纸人生哲理，摆出一副悟道者的姿态，看得人一头雾水。

幸得我本身喜欢单纯。即使有什么新潮流、新风格，对我也产生不了冲击。

我认为处在这个大时代里，一个人只要热爱生命，关怀世

---

① 出自杜甫《偶题》:“文章千古事，得失寸心知。作者皆殊列，名声岂浪垂?”

事，有丰富的同情心，有强烈的是非感，随处都是写作题材。大之可以放眼看天下，小之可以爱怜枝头小鸟，可以怀乡土，也可以四海为家。大题可以小写，小题可以大作。

文学的路是一条康庄大道，却永无止境。

2

莫泊桑说："天才的成就，是由于恒久的耐心。"我永远记得恩师当年诲谕我们的话："不必强求做诗人，却必须培养一颗诗心。不必是一个宗教信徒，却必须要有一颗虔诚的心。""诗心"就是"灵心"，也是对万物的爱心。袁子才说："吟诗好似成仙骨，骨里无诗莫浪吟。"[①] 教人要自自然然地培养"仙骨"，也就是培养气质。多读，多写，多体认，日久自然形成自己的风格。

风格是作者品格的表现，是无法伪装也无从模仿的。你会喜欢或仰慕某人的文采风格，却不必刻意模仿，不随人脚跟，不学人言语。比方有的人喜爱张爱玲的小说笔调，学得非常像（也许不是学，而是她们天生地像），也只不过是第二个张爱玲。

那么为什么不建立自己的风格呢？陆放翁说："文章本天成，妙手偶得之。"[②] 各人有自己的妙手，何必模拟别人呢？

至于对现今社会许多缺陷或丑陋面的报道，如果落笔之际是怀着热忱与善意，不故意渲染，不为了表现而绘声绘色，倒也是作者的一份使命感；如为了哗众取宠或有意丑化人生，那就不值一顾了。

比如时下许多作家在文中或多或少地点染色情，有的更是

① 出自袁枚《随园诗话》，引唐代许浑诗。

② 出自陆游《文章》。

大量暴露，美其名曰“人性的写实”。这些“现代思潮”，我称之为“新色情派”。

3

丑陋面不是不可以写，因为人生不如意事十常八九。若故意报喜不报忧，一味歌颂美好，是有违写作良知的。正为这点良知，着笔之际必是满心的同情悲悯，务求唤起世人关怀，以求改进，则其作品必不至产生负面作用；若是有意对暴力色情绘声绘色，以满足读者猎奇心与某方面的欲望，引诱心智未成熟的青少年读者误入歧途，认为文学的真面貌原当如此，则这样的作者纵能哗众取宠于一时，而在真正的文学国度里是没有地位的。

每个人的秉性不同，所受的教育背景不同，对文学的见解也不同。我始终主张文学应当多弘扬光明美德，这是我国几千年的文化传统精神。我们可以撷取西方文学的技法，但不可扬弃本国的固有精神。

我最服膺毛姆的一句话：“写小说是七分人生，三分技巧。”写小说如此，写散文也如此，所谓“世事洞明皆学问，人情练达即文章”。对人生体会愈深，心情必将愈淳厚、包容，也愈能写出荡气回肠的文章。不要担忧技巧不够，技巧是为了表达丰富的内涵而逐渐历练出来的；更不必为五花八门的文体而困扰、分心。

记得我读中学时，语文老师引林肯的话诲谕我们做人与作文。林肯说：“人，要有复杂的脑筋与一颗单纯的心。”单纯的心就是一个“诚”字。任今日的环境如何纷乱多变，一个虔诚从事写作的人都要冷静下来，把握这颗心，观照，体认，同时多读真正的名家散文（不一定是排行榜上的畅销书，寂寞的好书多得是）。

4

散文的范畴，原有广义狭义之分。广义的包含一切应用文、公文书，可说是非文学的。文学的也分诉诸理念的与诉诸感情的两种，前者为历史文学、传记文学、报告文学、方块杂文等，后者指纯抒情散文，都可达到极高的境界。上乘的纯文学散文必能寓理于情，以情观景，不谈大道理而至理自在其中，不着意抒情而情自见。拿古典文学来说，我国的《史记》《左传》《国策》《通鉴》是最好的历史、传记文学，也是散文的最高准则。唐宋古文，有说理抒情的，有抒情记事的，篇篇都百读不厌，一遍有一遍的领悟。文章所含的情要真，情真语挚是天下至文；文字要精，就是字斟句酌，以最恰当之字表达心意，但并不是矫揉造作的词胜于情；风格要新，就是不随人脚跟、学人言语；写作的心情要轻，那就是不要抱太重的得失之心，一篇文章发表了，获得赞赏自是欣慰，受到批评或冷落了也不要灰心，毁誉都是一份磨炼。

记得恩师有两句诗："短发无多休落帽，长风不断任吹衣。"① 今天复杂的社会形态正是"长风不断"。让我们穿着一袭朴素的青衫，在长风中益见飘然之致吧！

---

① 此处恩师指夏承焘，但这二句诗出自朱熹《九日登天湖以菊花须插满头归分韵赋诗得归字》。

乡土情怀

言为心声，文以志言，语言文字原是表达思想感情的。一个有思想感情的人，哪有不怀念自己出生、长大的家乡的？家乡的风土人情，家乡的生活习惯、衣着、饮食，哪一样不令人怀念呢？张素贞教授[①]说得对："作家写作总不免写自己所熟知的乡土，呈现了他的乡土情怀。"这也正是作品的真诚可贵处。王粲说："人情同于怀土兮，岂穷达而异心。"[②]正是此意吧！杜甫吟"月是故乡明"，立刻引起读者的思乡情怀，谁会认为杜甫是狭窄的本土主义者呢？

至于作品中方言的运用，若能恰到好处，正可以增加文字的鲜活性与对人物语言神态的刻画，连太史公写《史记》都间或引用方言呢。但是引用得过分泛滥，则将阻碍与读者思想感情的沟通。

我倒是想起自己初到异乡时语言不通的苦恼。我是在农村出生长大的，说的是一口乡村土话。十二岁到杭州，考入一所教会学校，才勉强开始学杭州话。语文老师命我起立背《桃花源记》，我很难为情地说："我只会用家乡话背。"老师笑笑说："好，你就用你的家乡话背吧！"并命全班同学对着课本仔细听。

---

① 台湾地区文学评论家，台湾师范大学教授。

② 出自东汉王粲《登楼赋》。

我就琅琅地用我的温州调有板有眼地一气背到底，同学们一个个咯咯地笑弯了腰。老师说：“不要笑，我觉得很好听哩。你们听她有没有背漏掉。”大家齐声说：“没有漏掉，但是好难听哟，怪怪的。”气得我都要哭了，从此拼命学杭州话，妈妈说我连说梦话说的都是杭州话呢。会说杭州话以后，和同学们很要好了，她们还学着我的温州调背古文呢。

还有一件有趣的事：在我十岁以前，父亲从北京回到故乡温州，他带的随身忠仆胡云皋是北方人。胡云皋每回进厨房来，总会遭到长工们的怒目而视，因为他们语言不通，胡云皋听不懂长工告诉他的特地挑来的山水是专供煮饭和泡茶用的，他却常常舀来洗手。长工骂他：“良心不好，会被雷劈。”我想翻译给他听，却又说不来北方话。母亲看了，也忍不住说：“你这样糟蹋长工辛苦挑来的山水，观世音菩萨会罚你的。”

胡云皋对母亲一向很尊敬，但因语言不通，很少交谈。这次他却听懂了“观世音菩萨”这几个字，就问我：“太太为什么念观世音菩萨？”我只好卷起舌头，用从草台戏上学来的官话，代母亲翻译意思给他听。胡云皋马上说：“下回再也不敢了。”而且合掌向天拜几下，口念观世音菩萨。母亲高兴地笑了，长工也笑了，才知道他是不懂我们的土话，不是有意糟蹋山水。

“观世音菩萨”这句共同的语言沟通了彼此的感情，明白了共同的信仰。胡云皋与长工从此不但不吵架，反成了好朋友。

胡云皋随父亲到杭州以后，总常常对人说：“我回到温州的时候好开心。”别人听了说：“你怎么能回到温州？温州又不是你的家乡。”他马上说：“怎么不算是家乡？温州的山好，水好，温州的蔬菜最鲜甜，温州的朋友最热情，我还会说温州话呢！”于是他眉飞色舞地说几句连我都听不懂的“温州话”，逗得大家乐呵呵。

这些陈年旧事，如今想起来，仍感到温馨无比。这也足以证明语言对于沟通彼此感情的重要性。

其实，不改的乡音正是一份故土情怀的慰藉。一个作者在他的怀乡作品中，偶尔运用家乡语言，表现一份温厚的乡土气息，正是文学的逼真之处。李瑞腾教授①说得好："方言融入文学，有人看不懂，有人却看得津津有味。"我想，即使看不懂，也会引起好奇心，而不是排斥感。作者偶尔运用方言是传真、传情，是一种文学的技巧。若恐读者不明白，可以加括弧说明。但方言不要引用太多，以免违背了文学的共通性原则，否则就不是真正好的文学作品了。

① 台湾地区学者，曾创办《台湾文学观察杂志》《台湾诗学季刊》。

卷三　此心春常满

似海师恩

民国二十五年，我高中卒业时，遵严父之命，放弃了进北平燕京大学外文系的美梦，进了杭州之江大学中文系，为的是得以追随浙东大词人夏承焘先生，读书学词。

第一天上课时，夏老师在黑板上写了“瞿禅”二字，对我们说：“这是我的号，因为我清瘦，双目瞿瞿，又多须。髯与禅，音相近，故号瞿禅。但禅并非一定指佛法，禅也在圣贤书中，在诗词文章中，更在日常生活中，都要细心体味。”

老师的话初听似乎很玄，但后来听他讲解名篇或追随他游山玩水时，他常将禅理寓于平易又富情趣的比喻中，使我们自自然然地心领神会而不觉其玄了。我们最喜欢听他以浓重的乡音朗吟诗词，凡经他吟唱过的，便能入耳不忘，也就学着他抑扬顿挫的调子吟唱起来，一面回味老师慢条斯理的启迪。他说读书会使人的心胸愈来愈开阔，可以上接古人，远交海外；读到入神时，觉得作者会从书中伸手与你相握，那一份莫逆于心的欢慰是无可言喻的。

他对弟子的期望温而厉，晓谕我们：读中外名著，都应勤做笔记，从其中体认的不仅是文字上的技巧，更重要的是如何砥砺志节，也正是陆放翁所说的“书外有工夫”①。

---

① 出自陆游《解嘲》：“莫道终身作鱼蠹，尔来书外有工夫。”

恩师名言，时时在心。回忆抗战初期，四所基督教联合大学在上海公共租界慈淑大楼复校①，得以弦歌再续。瞿禅师依然是飘飘然一袭青衫，授课时总予人以“长风不断任吹衣”的洒脱而稳定的感觉（“长风不断”是他自况的得意之句）。那时我因远离故乡，常抑郁不能自遣，习作《惜红衣》词中有“愁到眉山，丝丝都凝碧”之句。有一位同学因思亲，赋《金缕曲》云：“只道慈亲眉不展，到今朝，我亦眉双聚。”恩师看了，却笑嘻嘻地说：“你们年纪轻轻的，怎么要强作愁地皱眉头？凡人哪里能事事如意？但愈当借此磨炼心志。你们能在战乱中安定地读书，就是幸福。千万惜福，勿为闲烦恼耗心血。专心学业，会使你化烦恼为菩提，菩提就是智慧。”

上恩师的课，从不感到沉闷，因他常喜欢穿插点儿自嘲的笑话。有一次，他念了首十七字诗：“老师有三宝，太太、钢笔、表。莫再想儿子，老了。”引得全堂大笑。他也常化繁为简地用三个字指点我们：写文章的要诀是传“真”、传“神”与传“情”，才能引人共鸣。读书时，思维要“精”，务求深入了解；理念要“新”，不受前人思想局限；心情要“轻”，见贤思齐固然难得，但求好之心不必太切，以免有心理负担，要乐读而不是苦读。我最喜欢的是他做笔记的“三字诀”。他说本子要“小”，以便随身携带；记的字数要“少”，记其精义是训练文字技巧法之一；更有一个“了”字，就是对所读之书深切地领悟。

三字心传，使我永志不忘。

恩师不仅以诗词文章教，亦以日常生活教。有一次，我们一同挤电车，我因受司机恶言讽刺而生气，他却笑嘻嘻地说：“想想他整天开车多辛苦？哪像我们几分钟就下车，一路谈笑轻

① 作者就读的之江大学为四所基督教联合大学之一。

松？若能设身处地一想，就不会生气，反而同情他了。”他充满人情味的教诲，使学生们一生受用不尽。

最有趣的是，他幽默地说自己很笨，才不得不用功读书。他解释“笨”字是“本”上加“竹”，“竹”是书册，表示读书是做人的基本。我真但愿能做一个饱读诗书的笨学生，也不致到今朝碌碌无为，有负恩师厚望了。

毕业时，他预赠我们每人一副同样的对联：“欲修到神仙眷属，须做得柴米夫妻。”诲谕我们将来成家以后，要能体认夫妻同甘共苦的滋味，才是真正的神仙眷属。

毕业后，我回到故乡永嘉，恩师不久即转任浙大而去了云和。师生暌违中，他仍常赐书，勉我读书习字不可一日间断，四子书①仍当多多温习。他自觉平生过目万卷，总以《论》《孟》为最味长。他读了西洋名著小说，就勉我：“以汝之性情身世，亦当勉为此业，期以十年，必能有成。”多少个十年飞逝，我却未能写出一部长篇小说来。如今已两鬓飞霜，真不知拿什么告慰恩师在天之灵。

恩师的《天风阁学词日记》，七十年中虽历经兵乱而无一日间断。在北平先后由继室吴闻师母整理出十年的日记，印行传世。此不朽之作，不仅是词学上的极大贡献，尤可从中体认一代词宗一生为人论学的严谨态度。

吴闻师母遵遗命，将恩师骨灰分一半安葬在浙江淳安县的千岛湖风景最美之处，另一半则移回乐清，与原配师母葬于雁荡山麓。我不免追忆恩师的《鹧鸪天》词中句：“抛却西湖有雁山，携家况复住灵岩。”灵岩即雁荡山。他也曾一再地说：“不

---

① 指《论语》《大学》《中庸》《孟子》四部儒家经典，分别为孔子、曾子、子思、孟子的言行家，故称“四子书”。

游雁荡是虚生。”可见他对千岛湖与雁荡山都是一样地心爱。名湖名山都有幸，恩师在天之灵亦当无憾了。

令人伤痛的是，吴闻师母不及完成整理遗著工作，一年后因心脏病突发而逝世了。

前年我回大陆，专程到杭州驱车至千岛湖祭拜恩师之墓。看墓碑上刻有恩师简历及由吴闻师母与王蘧常①老师具名，用隶书写的一副对联：“雁荡天风，宇宙神游词笔健。沧茫烟水，湖山睡稳果花香。”可以想见恩师对雁荡名山的神往。

那一天，气候阴寒，我在墓地俯仰低回，想到师母与王老师都已先后作古，慨叹“青山本是伤心地，白骨曾为上冢人”②。缅怀往事，翘首云天，焉得不泪下沾襟？

---

① 王蘧常（1900—1989），哲学史家，历史学家，著名书法家。

② 出自清末黄节《北郭展墓》：“青山原是伤心地，白骨曾为上冢人。”

梯

每次跨楼梯时，常常会浮现一幕记忆：

我在台北任公职时，初期尚无交通车，下班后都在附近等公交车。常见一位中年男士也站在一边等车，但车到站开启车门，他又踟蹰不前。有两次都是跨上去又立刻退下来，凄凄惶惶地站在那儿望着车子，直到人都上车了，他仍然不走。我猜想他一定是等的人未到，或是丢失了什么东西。

因我经常搭这路车，跟服务小姐熟了。她有一次问我："你认识那个人吗？"

我摇摇头："看见过好多次，可能就在同一栋大楼里工作，却不知是哪个单位的。"

"他有神经病吧！每回我一开车门，他好像急着想跨上来，却又不想上，好几次都跨上车了又退下去。我若看见他一个人站在那儿，就不开车门，他反倒笑了。你说他是不是有神经病呢？"

我不愿随便论断一个人，但心里也有点奇怪他的进退维谷究竟是什么道理。直到有一天，正好与他在工作大楼正中的大楼梯边相遇，他朝我点点头，看上去神情完全正常。随后我们一前一后地跨上楼梯，谁知他竟跨上三步，退下两步，再跨上三步，又退下两步。弄得我只好站到一边，呆呆地看他上上下下地走完楼梯。

到办公室后，我忍不住问一位女同事可曾见过这个人。她说："你不知道呀，他是一位很有学问、又有操守的好法官，还在多所大学当教授呢。他走楼梯时就是这么三进两退的，大家见惯了也就不奇怪了。你是来此不久，还不知道他的事。"

"究竟是怎么回事呀?"我越发好奇了。

"说来真是一段辛酸的经历。撤离大陆来台之时，公家只分配给他一张飞机票，他与妻子及襁褓中的幼儿不能一同上飞机。时间已极迫促，他们夫妻难舍难分。妻子深明大义，一定要他快上飞机，不必管她；他却宁愿与妻子相守，不愿上去，所以上了飞机又下来，如此连续数次。最后他想下飞机时，扶梯已抽走，机门已关闭，他在窗洞中望着妻子，泪水潸潸而下。他们就此分别了，这一别就断了音讯。因此在他脑海中留下一个拂不去的深刻印象，就是对着一段扶梯上上下下，精神上受了极大的刺激。从此以后，一遇到跨楼梯，他就会进进退退，踟蹰不前。"

从那以后，我每回看见他走楼梯，总尽量避开，为的是不忍心看他一脸茫然的神情。

时隔三十六七年，世事的转变真非始料所能及。如今台湾正在掀起一股回大陆探亲的热潮，这位先生如果也回去探望妻子，舱门启处，夫妻儿女的阔别重逢会是什么情景?彼此都已白发苍颜，几十年的辛酸如何诉说呢?是谁造成这一幕悲喜剧呢?

读了许多探亲的文章，也耳闻很多人回来后口述的感想。对我这个无亲可探者而言，心头只有一片空茫之感。

谁不怀念故乡?但我不想回去。长辈早逝，老屋拆除，回去反而成了无家可归之人。我真的不想回去探望啊!

1988 年

两个小女孩

两年前回中国大陆，在上海一位朋友家中小聚，看见他们的生活过得很舒适。阳台栏杆上摆着一只鸟笼，里面一只羽毛美丽的小鸟在孤零零地跳跃着。朋友八岁的孙女儿用一根竹筷子伸进去赶小鸟——不是赶，而是使力地戳它的翅膀，戳它的腹部，戳得小鸟惊惶飞蹿、吱吱尖叫却又无处可躲。我连忙阻止小女孩说："你不要这样戳它，它会受伤的呀！"她说："我要它跳，要它唱歌呀。"我说："你这样欺侮它，它怎么还肯唱歌呢？你若要它唱歌，不如放它出去自由自在地飞翔，它就会高兴地唱歌给你听了。"她却连连摇头说："我不要放它，它是我的鸟，是外婆买给我的。"我说："既然是你的鸟，它就是你的好朋友，你应当好好待它呀。"她眼睛睁得大大地瞪了我好半天，把笼子一推说："我不要跟它玩了。"显然，她是跟我生气了。我淡淡地笑了一下说："好吧，我也不跟你玩了。"

又有一次，在去四川丰都的途中停下来在一家小饭店休息，导游从车里取出可乐和杯子，分给大家喝。一个大约五六岁的小女孩背上背着比她小不了多少的小弟弟，站在我们旁边呆看。小弟弟的头摇来晃去地睡得很熟，小女孩的衣服很旧，袖口都破了，小手在深秋的寒风中冻得红红的，两条辫子倒梳得光光亮亮的。我摸摸她的头说："你的辫子好漂亮，是谁给你梳的呀?”她好高兴地回答:“妈妈给我梳的。”我又问她:“你今天怎么不上学呢?”她说:“我们放农忙假,不上学。爸爸妈妈到田里割稻去了,我要帮着照顾小弟弟。”她说话口齿清楚,胖嘟嘟的脸,比起那个欺侮小鸟的上海女孩可爱得太多了。

我拿了一瓶可乐递给她说:“你喜欢喝吗?”她摇摇头说:“我不喝。”但她仍然站着不走。我想她是不好意思接受可乐,却又舍不得走。我又对她说:“你拿着这瓶可乐吧,我们都很喜欢你。”她却坚决地摇摇头说:“我不要,我只要可可。”我笑笑说:“这就是可可呀。”她很不好意思地说:“我只要空的可可。”我一时弄不明白她的意思。导游说:“她是要空瓶子,空瓶子叫做壳壳。”原来她要的是这个“壳壳”。

我心里十二分地感动!这小女孩是如此地诚实,有礼貌。她的双亲一定给了她良好的教育,绝不许她随便接受别人的东西。她说“我只要壳壳”时那一脸憨厚的神情使我感到农村居民的淳朴和对孩子教育的重视,也越发为那个养尊处优的上海小女孩连小生命都不懂得爱护而深深地惋惜。

一路上,两个小女孩完全不同的神情一直萦绕在我的心头:一个生气地说:“我不跟它玩了。”一个轻声轻气地说:“我只要壳壳。”

愿天下眷属都是有情人

人人都知道“愿天下有情人都成眷属”[①]这句话，是月老撮合世人姻缘的一片好心。石家兴先生[②]却将此句颠倒修改一下，成为“愿天下眷属都是有情人”，含义实在是十二分深长，愈念愈有情味。因为“有情人”成眷属不难，成了眷属以后，要永远保持“情人”心意，可不容易呢！

记得我们大学毕业时，恩师赐赠我们无论男女同学同样的对联一副，那就是：“要修到神仙眷属，须做得柴米夫妻。”他说：“你们将来都是要成家的，希望你们每位都有美满的家庭。所以现在送你们每人一副对联，记住这十四个字，深深体会。婚前不用说，应当情深似海；婚后尤当义重如山。神仙眷属是旖旎风光的理想，要使理想得以实现而持久，必须能过同甘共苦的柴米夫妻生活。所以我认为不是‘贫贱夫妻百事哀’，而是‘恩爱夫妻万事谐’。”

恩师的一席话，是金玉良言。可是时至今日，少男少女的离合已成司空见惯的寻常事。月前与名学人费景汉博士[③]一同

① 出自元代王实甫《西厢记》：“叹人间真男女难为知己，愿天下有情人终成眷属。”

② 台湾地区生物学家，祖籍湖南吉首，父亲为抗日名将石邦藩。

③ 费景汉（1923—1996），1952年获麻省理工学院经济学博士，时年29岁。先后执教于麻省理学院、耶鲁大学。退休后定居台湾。

参加座谈，他劝今天的父母不必为儿女婚姻操心，他们交友、试婚、同居、结婚、离婚……都由他们，不要拿中国的旧道德标准去衡量他们，更不必把这个包袱压在自己的心头，徒然自苦。他说得淋漓痛快，我听来却若有所失。

中国的伦理道德观念固然有异于西方，在东西方不同文化的冲击之下，我们这些老一代的身居海外，究竟是放弃旧道德观念还是尽全力维系，以身作则，使下一代多多少少能接受这种道德观念?

因此我想起家兴的巧思:“愿天下眷属都是有情人。”

凡事以理说服人甚难，以情动之较易。“有情人”是多么可爱的三个字，西方人着迷，东方人也喜欢。但要维持永久的“有情人”，必须有足够的耐力和对婚姻价值与道德的正确观念。

我们的母亲辈常叹息:“一床儿女，抵不得半床夫。”“年少夫妻老来伴”，即使“拌”嘴，也还是打不散、拆不散的老“伴”。所以让我们再多多体会一下“愿天下眷属都是有情人”这句名言吧!

1987年

轻松的车祸

外子的一位年轻同事出了一次小小的车祸。听他说来，不但有惊无险，反而妙趣横生。可是请千万不要想象成电影中的飞车惊艳或公路奇遇那般的旖旎风光，而只是一幕富于人情味的趣剧。

现在就以这位同事的口气，记述如下：

我的车子在自家社区的公路上行驶，正换到右线减速打算转弯时，后面一辆车子撞了上来。力量并不大，我赶紧靠路边停车，可后面的车子竟继续把我往前推，推了好远才停下。我连忙下车到后面很憎怒地要跟那人交涉，那人却并不开门。我从车窗望进去，驾驶座上好像看不到人，只见方向盘后面花花绿绿堆满了包裹一类的东西。这就怪了，难道遇上《神仙家庭》[①]中的人物了？我伸手敲了半天车门，车门开了，伸头仔细一看，原来是大大小小一堆靠垫，靠垫中间镶着一个干瘪老太太。她四平八稳地坐着，一动也不动地两眼瞪着我。我对她说：

“太太，你的车子撞上我的车子了。”

“啊！你说什么？我听不见。”

---

① 美剧《家有仙妻》，1964 年首播，台译《神仙家庭》。琦君在散文中多次提到这部魔幻家庭喜剧。

原来她是聋子。我只好大声地喊："你的车子撞上我的车子，还把它一直往前推。"

"什么？前面出了车祸？怪不得我的车开不动了。"

"是你的车撞了我的车，"我耐着性子再喊，"请你下车看一下，我车后面的保险杠撞歪了。"

"我怎么没觉得呢？我只觉得我的车被前面堵住了。"她颤巍巍地把双脚伸出车外，我扶着她下了车。她瘦小得像一只风鸡，怪不得非要用好多个靠垫把自己固定在驾驶座上。我又大声地说：

"请你把驾驶执照拿出来给我看看好吗？"

她哆嗦着双手打开提包，还没找出来执照呢！说时迟，那时快，从靠垫堆里忽然蹦出一条哈巴狗，蹿出车门，直向大路中间冲去。这可怎么得了？社区公路虽不及高速公路上的车辆多，但小狗"横行"大道，若轧死了，责任算谁的呢？我顾不得等她的执照，就飞奔去抓小狗，一面打招呼请后面来的车子减速慢行。追了半天，好不容易才把它捉住，抱回来交到老太太怀里。哈巴狗活动了一下筋骨，高兴地直舔它的"祖母"。老太太搂着它直喊："啊！贝贝，贝贝！"我却已汗流浃背，气喘如牛。老太太爬进座位，打算关上车门了。我又大声喊：

"对不起，我还没看见你的驾驶执照呢！"

她把小狗放在右边座位上，再慢慢地打开皮包，抽出执照递给我。我一看，她已高龄七十八岁。想想她偌大年纪，还能半聋半瞎地带着爱宠在马路上驱车遨游，我又何忍以保险杆的一点"皮外伤"跟她找麻烦？说实在的，跟她交涉只是给自己找麻烦。我只好仔仔细细地为她把五颜六色的大小靠垫在她干瘪的身躯四周塞好，让她只露出一张脸可以看前方、一双手可以把住方向盘，再温和地拍拍哈巴狗的头，跟他们说珍重、再见。

老太太这才转脸问我：“你是日本人还是中国人？”

“我是中国人，从台湾来的。”我越发大声地说。她怎么可以把我看成日本人？

“哦，从台湾来的中国人。你真好，真热心，谢谢你帮我抱回小狗。不然的话，我真不知该怎么办。它实在太顽皮了，但如果没有它陪我，我出来玩儿也没意思。”

她好像还要絮絮叨叨地说下去，我实在没心思与她再攀谈，就恭恭敬敬地给她关上车门，对她说：“祝你一路平安。”

目送她慢慢地开走以后，我回头摸摸自己被撞坏的保险杠，想想还真算幸运：若撞上来的是一辆醉汉的飞车，我还能从容地下车帮别人抓小狗吗？

1987 年

“芬芳”的厄运

好友丽娜寄赠我一只香包，一拆封便闻到一缕芳香，心头顿感一阵温暖。

她在信中说：“你仔细看看，香包里有脱水花和各种草叶，除了玫瑰花瓣，还有甘草、茴香、八角哩。可见中药很受西洋人欢迎。寄给你一包，也可慰你乡愁。”

真感谢她这份芬芳的友情。我对着这些花叶，倒想起在大学时代常爱采集各种鲜花、嫩叶夹置书中。日久脱水后，将它们排成图案，配上玻璃框，另有一番留春的情致。为这些翠减红消的花叶，我还作过一首词，记得前半阕是：

> 缥囊也似藏春坞，纷纷断红无数。玉蕊斑斓，娇姿瘦损，莫问春归何处。
>
> 寒窗夜雨，欲唤起春魂，与他同住。十载天涯，也应谙尽飘零苦。
>
> ……

那时年轻，不免“为赋新词强说愁”[1]，况孤身负笈上海，更不

① 出自辛弃疾《丑奴儿》：“爱上层楼，为赋新词强说愁。”

免飘零之感。如今面对这一袋不再艳红的花叶而仍保有雅淡的芳香，深悟花草对人间的贡献无分盛开或谢落。莫说被收在香囊里，即使坠落尘土，化作春泥，也仍把芬芳传给新发芽的娇枝嫩叶。

原来草木也如人一般地懂得薪火相传呢。

丽娜知我爱此芬芳，不数日，又寄我香精一小瓶，告知我何妨滴几滴在室内草叶上，可使芬芳弥漫全室。我于是滴几滴在那株只长叶子不开花的昙花叶和一株茂盛翠绿的万年青上。外子下班回来，高兴地说："真如入芝兰之室。"

正得意呢，不到两三天，我用喷壶喷水时却发现滴过香精的昙花叶已卷曲，枯黄，急忙将它齐根剪去。最惨的是万年青，因我滴香精时太接近顶端的中心，它竟然萎垂下来，茎部呈黑褐色，即将折断。我慌了手脚，又不忍心将原本那么壮健的顶端剪去成了秃头，只好用一根红丝线将它挽住，系在另一根枝子上，再浇上清泉，希望命如游丝的嫩顶能起死回生。奇怪的是，以手指触摸黑褐色之处，不但没有腐烂恶臭，反而带着比香精更清淡的芳香，黏在指尖上久久不散。

我愣住了。奇妙的植物，它明明拒绝了人工化学香料，向我这揠苗助长般的愚蠢行为提出严重抗议，却居然从原本不香的叶根，于垂垂欲绝之际，散发出异于寻常的清香。难道它是为了反抗我对它的藐视，挣扎着表现它不可侵犯的尊严吗？我愈看愈抱歉，愈不忍心它辛苦地挣扎，对它默默祝告：你可千万不要断；你要挺直起来，活下去；你本来深藏的香气一定会把这非我族类的气味赶走的。

直到现在，我仍不能确定它是否能度过我给它带来的厄运。我想，嫩顶折断坠落，新苗必将上长，生机是永远继续下去的，因为生命比芳香更重要。

1987 年

世间灯[1]

《圣经·哥林多后书》里有一段话："灯塔不会说话，但它的光照耀。灯塔不击鼓亦不敲钟，然而在遥远的海面，船员们看见它可亲的闪烁。"[2]

反复地念着这段话，想起三十多年前我去台湾最南端的鹅銮鼻参观那座日夜亮着灯光的灯塔，感到闪烁的不只是灯，还有那位常年管理灯塔的中年人。

我问他："大海茫茫，四顾无人，你不会感到寂寞吗？"他笑笑说："一点儿也不寂寞。一则我爱清静；二则我觉得自己的心，由于灯塔放射的光而与海面的船只紧紧联系在一起，一点儿也不孤单。"

他的话，给我很深的启示。一个人若总是想到自己的处境，怜悯自己，就会有寂寞之感；若将心开放出去，时刻关心别人，就不会感到寂寞。

由于灯塔，我想起佛经里的"世间灯"。顾名思义，可以想象世间灯一定是照耀人世的一盏明灯。此三字源出《华严

---

① 作者因从小受家庭环境影响而成为佛教徒，后入读基督教中学与大学，受师友熏陶，所以文章中时有关于东西方不同信仰的对照。读者可自行判断，采之为一家之言。

② 经查阅《圣经》,《哥林多前书》与《哥林多后书》中都没有这段话，作者可能记错出处。

经·普贤菩萨行愿品》:"……一切如来与菩萨，所有功德皆随喜。十方所有世间灯，最初成就菩提者……"我起初不懂，一位虔诚信佛的朋友特地为我抄来南怀瑾先生的《普贤行愿品讲录》中的解释:"世间灯象征为人天众生眼目，给人智慧光明的善知识、明师，他们明澈的心灯，照亮了世间的黑暗。良师益友就是世间灯，一个有智慧、有成就的人，可以传佛法的心灯，不使灭绝。……世间灯不一定是传佛法的，只要能救世救人的有用的学问都是。"

我的一位知己同学的女儿，年纪轻轻的，虔诚信佛。她孝顺父母，友爱兄长姊妹，以忘我精神为全家承担起沉重的工作。她的嫂嫂是一位具有高度智慧的贤德媳妇，姑嫂亲如手足。做嫂嫂的告诉我:"四姑太好（她排行第四），我都要称她四姑佛。四姑简直是一盏世间灯，因为她永远抱持着一颗为大家服务之心。她忧愁或快乐都是因为大家，她是没有自己的。"

一位嫂嫂对小姑有如此深切的了解、深厚的感情，令人感动。嫂嫂也是虔诚信佛的，共同的信仰与美的心灵使她们愈加相契相知。对着她们，我真感到眼前一片光明，这正是世间灯的照耀吧！于是我又想起茫茫大海上照明指引的灯塔，想起《圣经》中的话。佛教与基督教的最高境界，岂不是相通的吗？

1989 年

学画的故事

一直动念想学画，以娱老境，苦于社区附近没有步行可以到达的绘画班。远处虽有晚间的班级，却必须依仗老伴开车送我去。看他下班回来已筋疲力竭，何忍再烦劳他呢？有一位画家好友在她家附近教画，多次热心地说亲自来接我去再送我回来，那更是过意不去。每每抬头欣赏壁间悬挂的好友们的作品，那一份歆羡之情油然不能自已，但学画的心愿看来只有临渊羡鱼的份儿了。

记得在台北画廊观赏时，遇到自己喜爱的画，总像有别有会心、似曾相识之感，也立刻兴起学画的念头。有一次遇到张佛千先生①，与他谈起想学画的事，他说："自己画就是了，何必跟人学呢？欣赏欣赏书法，练练字，看看大自然的花木山水就拿起笔来画。画成什么样都没关系，自己遣兴嘛，又不是想当画家。"他的话颇有道理。但我没有这份自信心，就是动不了笔。想想画画也跟作诗一样，"骨里无诗莫浪吟"，我是"骨里无画莫浪涂"。没有这点儿天分，不必强求。

最近一连听了几位朋友学画的故事，越发证实这话是不错的。

有一位朋友，国画已有相当基础，兴趣忽然转向油画。她

---

① 张佛千（1907—2003），安徽庐江县黄屯乡人。曾任国民党西北军将军，擅长撰写楹联。

生活悠闲，就正式拜师学油画（油画的技法一定是非拜师不可的）。她悟性高，不数月便大有进境，在电话里兴致勃勃地对我说，她的每张画都被老师大大地夸赞，令她信心大增，兴趣更浓，灵感充沛到眠食无心的着迷程度，对自己的每一张杰作都愈看愈满意。爱护她的夫婿更是从旁鼓励，在电话中告诉我她太太学画的沉醉、快乐使他们夫妻感情越发和谐，家庭幸福感大增，要我去观赏他们琳琅满室的画。我希望她能送我一张，而且越快越好，因为等她成名以后，就不能请她送，要买却又买不起了。她哈哈大笑。

他们的那份快乐也感染了我，我仿佛已在她家的画廊观赏她的杰作了。

日前，外子听一位朋友畅谈学画的事。他是新闻界老前辈，一手好文章不用说，书画方面也有相当深的修养，因退休后闲来无事，就去学西画。以他的深厚基础与高度智慧，想来在学习的领悟上，一定是乐趣无穷的。没想他竟在中途忽然放弃了。

原因是有一天他看到，坐在他边上一位大约十七八岁的少女那一支挥洒自如的彩笔简直神出鬼没，刹那间，在他眼前展现一幅素描，惊得他目瞪口呆。他扪心自问，自己年逾花甲，比她大了好几倍，想达到她的境界恐已不可能，还学什么呢？于是“急流勇退”了。

这位朋友的言谈与文章都极富幽默感，相信他的放弃学画也是幽自己一默！他说毕加索十几岁的时候，有一天随意画了一双靴子，就被所有的画家惊叹为天才，以后再也没有第二人能画出同样传神的一双靴子，可见艺术天才之难求。

但话又说回来，学画并不求成为画家，只为陶冶性情，消愁解闷，在练习过程中自有无穷乐趣。就算把老虎画成狗，又有什么不好呢？

因此，我对于学画，仍旧跃跃欲试，也许有一天，我会把一条狗画成一头老虎，岂不更妙？

1987年

窗前小鸟

远在澳洲的小干女咪咪来信说，澳洲真个是四季如春，鸟语花香。她住的那一州还有 Garden State（花园州）之称，花草种类之多，不胜枚举。“鸟语”更是名副其实。最普通的一种鸟是铃鸟（Bell Bird），叫起来的铃之音十分迷人。还有澳洲人最引以自豪的笑翠鸟（Kookaburra），漫步林中，随处可以听到，完全是人的笑声。可是她说听起来有点像老巫婆的笑。我想，如果一个人在深林中听到，一定不寒而栗。

这里呢？时序虽已过了立春，却仍旧冰雪未融。但只要雪后初晴，阳光普照，我就可以从窗前看到外面不时有小鸟飞来，栖息在栏杆上，报告春的消息已经近了。

每年春光明媚的日子，附近枝头的小鸟都会飞到栏杆上、窗台上，或抓在光秃秃的木板墙壁上，似在和人打招呼，又似在寻寻觅觅，寻觅一处可以筑巢的地方吧？因为我看见对面邻居阳台边的木板上有一个比酒杯口略大的洞穴，一只小麻雀恰巧可以钻进去。不一会儿，它的同伴来了，察看地形后认为此处可以筑巢，于是两只麻雀同心协力，轮流地衔着干草、小树枝进入洞中。不久，第三只麻雀来了，原先的两只之一便坐镇洞口，使后来的无法进入。我守着窗儿，看得入神。想来这木板隔层里间一定相当开阔，何不开放门户，与朋友共享层楼华宇之乐？可见小小动物也有独占既得利益的私心。

于是这小小的洞穴，每天都有许多麻雀飞来，艰难地抓在洞穴边的木板上，向里张望一阵，又嗒然飞走。如此川流不息地飞来飞去，有的进洞又出来，有的悬在洞口踟蹰不去，我也分不清哪一对是夫妻，哪一群是敌人，也不知最初发现洞穴而开始筑巢的是否已遭鹊巢鸠占而纠众飞回争夺？总之，这方寸之地的洞口，争夺战显得十分激烈。倒是另外几只较大而有彩色羽毛的鸟，总是闲适地悠游一阵就飞走，对小麻雀们的凄凄惶惶视若无睹。

有的美国家庭在门前树上挂一只现成的鸟巢，鸟儿们就会自动地进去做窝，主人也享受“有凤来仪”①的欢乐。我每天看着这批鸟儿的竞逐，深感天地间生机之旺盛。可惜那屋主忙于工作，每日早出晚归，对自己阳台上的一片热闹景象漠不关心，倒让我这个无业闲人享受了。

想起在故乡时，大宅院的栋梁上，每年春天必定有燕子来做窝。那一对燕子呢喃细语地商量，实在动人心弦。母亲时常尖起嘴唇，学着它们的啁啾之音，细细软软地说：“不吃你家米，不吃你家盐，只在你家做窝栋梁住。”我家乡“住”字发“齐”字音，母亲把声音拉得好长，说得很快，很像燕子的鸣声，非常有趣。

燕子于秋天飞走后，母亲不许任何人将空巢捣毁，等候它们明年再来。尽管再来的不是旧巢燕子，尽管诗人痴痴地问：“燕子来时，陌上相逢否？”②旧主人的一份盼待心情是温厚无边的。

---

① 出自《尚书·益稷》：“箫韵九成，凤皇来仪。”

② 出自五代冯延巳《鹊踏枝》：“双燕飞来，陌上相逢否？”

举目望窗外筑巢的小鸟，不由得堕入沉思。但愿它们也能如燕子似的啁啾呢喃，或像澳洲铃鸟发出美妙的铃之音，催我神游故园或遥远的澳洲。

1987 年

最后的旅程

一位中学时代的同窗老友，丈夫因心脏病突发逝世。他们四十多年来鹣鲽情深，不用说，她悲痛逾恒。幸儿女们个个孝顺，百般劝慰，她的心情总算渐渐恢复过来。后来她写了一封信给我，告诉我在生死永诀的沉痛中她的挣扎、她的领悟。这一段心路历程，确实超越一般强自节哀的心境。

她告诉我说，有的朋友劝她不要悲伤，只当先生出远门了。但出远门总要回家的，他却永不再回家。这样一想，反使她更悲伤。有一次，她向一位懂命相的朋友请教，这位朋友却对她说："你不必算命看相，这不能解除你心中的结，更不能减少你思念丈夫的悲痛。你只要换一个想法来想：你丈夫先回家了，他在家中等待你，你却还在旅途中，工作未完毕；儿女们都希望与你同行一段路程，享受和慈母在一起的快乐，你怎么可以丢下他们呢？何况你的心和丈夫的心是相通的，可以随时与他交谈，来去自如。你既可享受与儿女在一起的天伦之乐，又有丈夫在心灵上作伴，你并不寂寞孤单，应当快快乐乐与儿女同行，让你的丈夫放心啊！"

这一席话，使她陡然领悟。她立刻感到她丈夫的思想、感情就在她的心头，他风趣的言谈就在她的嘴中，他的笑容在儿女们的脸上呈露，他对她无微不至的爱都在孝顺儿女们的行为中一一表现出来。她感到自己实在没有什么遗憾，实在应当好好享受最后这段旅程啊！

于是她写信告诉我，要我放心。

读着信，我真是万分感动。

1987 年

老当益壮

外子的同事桑立良女士，为人干练爽朗。她每回和我们谈起她的母亲，满腔的孺慕敬佩之情，溢于言表。

她的母亲萨琳女士今年已八十高龄，从最近的照片看，仅像是五十多岁。我们不只惊叹她的驻颜有术，而是万分敬佩她锲而不舍、钻研学问的兴趣与毅力。

萨女士一家于1969年从台湾来美定居。经过十余年的艰苦奋斗，待儿女成人婚嫁以后，她以悠闲之身进入纽约市立大学斯坦登岛学院，选修她所喜爱的艺术课程。她原卒业于燕京大学外文系，在乱离烽火中，遗失学历证件。她不在乎学位，只就自己的兴趣，在该学院心安理得地做一名选修生。但因她的成绩实在太优异，该学院以有她这样杰出的学生为荣，要求她参加学历检定考试，合格后，就成了正式的艺术系学生。那时她七十二岁，与十八九岁的青年们同窗共读，来拿第二次的学士学位。

四年后，她再度大学毕业。最难得的是，她以全A的成绩获得入选全美大学名人录的荣誉。那时，《纽约时报》曾对她作了特别报道，给我们华人增加无限光荣。

这位七十六岁高龄的萨女士并不以此为满足，更进而进修硕士学位，并到该校曼哈顿学院选修与艺术系有关的课程。每星期二清晨，她五时半即起床，七时出门，搭乘自斯坦登岛至曼哈顿区的渡轮，再转两次下车，到曼哈顿学院上课。直到下午五时，才结束一天的课程，满怀欢乐地回到家中。她兴趣至广，不但对国画有极深造诣，而且对摄影、现代版画、铜版印刷等艺术均有浓厚兴趣与涉猎，经常应邀在各地艺术中心表演画国画。

今年3月18日，斯坦登岛学院颁发1988年名人奖给该校的八位校友，最突出的受奖人就是八十岁高龄的华裔硕士萨琳女士。

她告诉朋友们，年轻时，因受传统礼教的约束，非常拘谨。经过了几十年的生活磨炼，尤其是在八九年来的进修过程中，她觉得自己脱胎换骨似的成了另一名女性，不再羞于表达自我。她兴致勃勃地说，完成硕士学位以后，她将更上一层楼，朝博士学位迈进呢！

1988年

第一枝春花

今天（5 月 6 日）是立夏，本月的最后一天将是端午节，时序已正式进入夏季。遥想台湾，莫说阳明山的花季早过，连市区有些大道边，火炬般的木棉花一定都已带着春天归去了。

但美国东部的冬季好长，春天也迟迟来临，现在正是樱花、杜鹃、狗木花[①]、郁金香等先后抢着开放。早晚散步时，满眼的姹紫嫣红，真个是赏心悦目。

大家都知道，报春讯的第一枝花是迎春花。其实那不是花，而是鹅黄色的、细细的叶子，镶在吐新芽的常绿冬青树里，满布在家家院落、行人道边。那一片天然的织锦，蓬勃地向人扑面而来，把料峭春寒驱走。

我欣赏的不只是迎春花，而是比迎春花更早的花，那就是几位白发老年人穿着金红色背心，于残雪未融的清晨站在车辆密集的街头，为学童指挥交通。他们是为社区服务的志愿者。他们的热心、恒心与不畏寒冷的精神，令人钦佩。

有一次，我边走边看一位挺直腰背的白发老妇人指挥若定的神情，不由得脚下一不小心，在人行道转角处踩空，差点儿

---

① 山茱萸科，又称梾木。春季开花，花期 1 个月左右。夏天结红色果子，入秋后叶片转红。除冬季之外，观赏性持续三季。在美国的弗吉尼亚州、密苏里州被选作州树，在北卡罗来纳州被选为州花。

跌倒。她上前一把扶住我，笑容满面地说："小心走路哟。"仿佛把我这个年龄与她不相上下的人也当成了年幼的学童。我真是既惭愧又感激，仔细看她白里透红的双颊，映着晨晖，格外神采奕奕，忍不住对她说：

"你好美啊！"

她立刻高兴起来，紧紧拉住我的手说："谢谢你，真高兴听你这么说。我也一直觉得自己很年轻。"她又指指在街角站着的一位老先生说："看，他就是我的丈夫。雪一融，春天一来，我们就忙着要出来做点儿事。雪真把人封得喘不过气来了。我们的儿女说，天太冷了，怕我们在外面会冻僵。我们倒觉得心里暖烘烘的，看这些活泼的孩子蹦蹦跳跳地过街，跟他们一起，怎么会冻僵呢？"

我呆呆地听着，呆呆地望着她健康、欢乐的容颜，心头一阵暖和，本来缩着的脖子立刻伸直。与她挥手道别，踩着轻快的步子回到家中，我立刻在记事本里写下五个字："第一枝春花。"

1987 年

念蟋蟀

住在纽约苏荷区的一位画家朋友养了一只蟋蟀。他用一钵松松的泥土、一张小小的瓦片、几株绿绿的细草为它盖起一幢幽静、宽敞的庭院。

“蟋蟀是从哪儿来的呢？”我问他。

他说：“隔壁的破房子被拆除了，它无处安身，就从墙壁缝中爬过来了。”

屋外冷雨凄风，成千成万的虫儿冻馁，幸运的蟋蟀却找到了仁慈的主人、温暖的家。在自由天地里，蟋蟀于温饱之余，放声歌唱起来，为重生歌唱，也为感恩歌唱。画家深夜作画时，它唱得更起劲。画家高兴起来，就把它的歌唱录了音。

有一天，我去看这位朋友。屋子里高朋满座，谈笑风生。我走到蟋蟀的庭院边轻敲瓦背，低声叫它：“蟋蟀，你出来呀。”它把头伸出来张望一下，马上缩回去了。它只躲在屋子里谛听。客散后，我们三个促膝谈心，蟋蟀忽然唱起来了。

回来后，我一直挂念蟋蟀，打电话问朋友，他说：“不行喽，它断了一条腿。这是自然现象，蟋蟀的生命很短暂。”他心里很难过。我劝他再养一只，他说：“到哪儿去找呢？这也要凭缘分的呀。”

我们彼此都黯然神伤。

但我一直记挂着那只断了腿的蟋蟀。想想恒河沙数的蟋蟀在一万分之一秒中生生死死，我为何老是忘不了它呢？只因我曾经见过它，与它有点头之交；也只因我听过它午夜的歌声。

还有，只因我年幼时，我的哥哥爱捉蟋蟀。我们兄妹在小小的书房里边读书边听蟋蟀唱歌。

那歌儿就跟这只蟋蟀唱的一模一样。

光阴已逝去半个多世纪，蟋蟀的歌声却永恒不变。

但是这只蟋蟀终究消逝了。幸运的是，我那位朋友用录音留下了它的歌声，深夜作画时，蟋蟀的歌声一直伴着他，唧唧，唧唧……

1987 年

十步芳草

晨间散步，正逢垃圾车隆隆而过。我就在远处停步，看几个工人快速地将人行道边的垃圾桶往车后大口里倾倒，然后把桶子横七竖八地扔在路边，登车扬长而去。一位老人从屋里出来，把一家家的垃圾桶扶起，摆正，抬头看见我，摇摇头说："这些年轻人，做事粗心大意。你看这些桶子，一个个都被他们扔破了。"我向他微笑说："你真好，肯照顾邻居。"他问我是不是中国人。我告诉他，我是从台湾来的中国人。他一拍手说："对了，我去过台湾，那儿的垃圾车有叮叮当当的音乐铃，大家一听到铃声就把垃圾送出来，妙极了。你知道吗？我年轻时也当过清道夫，就没这样方便的车子，但也没有像他们这样乱扔垃圾桶。"说着，呵呵地笑起来。我非常感动的是，他一点儿也没有隐讳自己当年的工作，而且颇以自己能竭尽职责为荣。

他又指着自己门前的草地说："我很生气的是，有时还要清除草坪边上的狗粪便。许多人无视'请把狗拴住'的牌子。"说着，他连连摇头。

美国人很在意屋前庭院的美观整洁，大部分人家都是花木扶疏，群芳争艳，但有时不小心也会在人行道边踩到粪便。真是十步之内，必有芳草；芳草之内，偶有狗屎；不但有狗屎，还有烟蒂、糖果纸，可见美国年轻人的公民道德已远不如从前了。

但无论如何，能与这位老人共话今昔，而且以后每次见面都点头为礼，互道早安，未尝不是“十步芳草”的欣然呢？

1987年

若要足时今已足

辛弃疾有两句词："若要足时今已足，以为未足何时足？"①短短十四个字说得非常透彻。俗语说："人比人，气死人""这山望得那山高"，不能满足，就永远没有快乐。

孔子说："居富贵，安于富贵。居贫贱，安于贫贱。"②能做到这个"安"字最不容易。孔子并不鼓励世人非要居陋巷、箪食瓢饮以示清高。他也赞成人们能安享富贵，只要是循正当途径努力获得的。他不赞成强求，强求来的富贵必然患得患失，钱多了还求再多，位高了还想再高，如此当然不会安心，所以他的教诲着重在一个"安"字。

至于居贫贱，尤其难"安"。眼看别人锦衣玉食、高楼大厦，自己何以陷于穷困？眼看别人官居要津，自己何以郁郁沉下僚？若不能反躬自省自己必有不如人之处而只是心怀怨怼与嫉妒，这颗心就不会安，不安就容易走上邪辟之途，或作奸犯科、无所不为了。

我如此沉思着，身子靠在从台湾带来的一口五斗柜边，感到它是那么地结实，又是那么地亲切，因为它与我们相依了足足三十六年。在这段漫长的岁月里，我们有忧患，也有欢乐；

---

① 出自辛弃疾《满江红·山居即事》。

② 或出自《礼记·中庸》："素富贵，行乎富贵。素贫贱，行乎贫贱。"

有挫折，也有鼓舞。患难与共的五斗柜应该都知道。它抽屉的一角，到现在还摆着一只小饼干盒，那是我们过去储蓄每个月辛勤所得积余的“保险箱”。我捧了它三十六年，舍不得丢弃。如今用它收藏各地好友寄来的纪念品，这份情谊远胜珠宝金玉。

五斗柜虽已陈旧、退色，但木料极好，是我们刚成家时倾囊倒箧所购最豪华的家具。我们前后搬了七次家，它永远伴随我，在卧室与我默默相对。以美国人看来，它是丢在马路边都没人捡的，我却十分宝爱它，不只因为它坚实、耐用，更因为它会时时提醒我那段艰苦奋斗的历程。

美国人喜新厌旧，几乎搬一次家扔一次家具，或低价贱卖。外子说：“真想买一套新的沙发与桌椅，把这些旧兮兮的一齐扔掉，表现一下‘豪华’”。

我大为生气，说：“你忘了这套沙发是我们当年考虑多久才狠下心买的吗？那份‘豪华’的感觉正和买五斗柜时一样，至今永在心头。我已感到很满足，一点儿也没有换新家具的奢望。”

他摇摇头说：“你太落伍了。我们已偌大年纪，何不享受一下呢？”我说：“享受是没有底的，知足常乐啊！”于是我又念了一遍：“若要足时今已足，以为未足何时足？”他默然了。

1987年

六十分

最近读到一篇文章，作者是从事教学与青少年辅导工作的老师。他劝世间父母对子女、师长对学生，在课业上的要求千万不可太严，要紧的是对他们成长过程中身心健康的关注。要多体谅，少责罚；多亲近，少训话。他从初中教到高中、高职，从没有记过学生一次过，使我非常感动。

回想我自己在初中时最怕的，是时常斥责我不会投球、不会跑步的体育老师和骂我不会弹琴、不会唱歌的音乐老师。他们使我感到自己低能，全赖慈爱的英文老师与级任导师恢复我的信心与自尊心。

记得我初一上学期的英文成绩常常只有三四十分，老师仔细改了我的错误，却从来没有责备我。有一次居然得了六十分，老师发还考卷时特别喊我的名字，赞许我进步很多。我羞得把头低下去，心中却万分感谢老师的鼓励。从那以后，我渐渐进步到七十分、八十分甚至九十分以上。但我心中常怀谦卑之念，因为我永远记得我是从三十分、四十分渐渐进步上来的，六十分是我第一次的荣誉分数。老师曾教我们一句很普通的英文格言：To love one is to give him room enough to grow.（爱一个人是给予他足够的空间成长。）她耐心又宽容，使我们在她的爱里一天天长大，懂事，迈向正确的人生。

我也为人师以后，总时时以恩师的教导为念。在大陆时，我从小学五年级教到初中、高中，从未记过学生一次过。直到今天，还有当年我班上的初中学生，如今已是大学教授的，从海外寄来书信与照片，对我说：“老师，我好想念你。”这一份安慰是无可名状的。我内心感谢的仍是启迪我、熏陶我的老师与慈爱的双亲。

纪伯伦有一段劝为人父母者的话：

> 孩子们来自你的身体，但是并不属于你。你可以给他们爱，但不能塑造他们的思想。你有若弓弦，给予蓄势待发的箭头一个稳定的基地，让他们的张力弯曲着你的弓弦。他们即使飞翔了，也将永远爱着那使他们产生力量的弓弦。

真是哲人的至理名言。做父母的、做老师的，都值得深深体味。

《圣经》上也有几句箴言：

> 小提琴的琴弦如不拉紧，就奏不出音乐来。但神并不把我们的心弦拉得太紧，他知道怎样才能奏出美妙的音调来。

为人父母、为人师者心中都会有一位自我控制的神，指示、引导我们化恼怒、紧张为安详、慈爱。若能如此，孩子们就有福了，因为他们只有一个童年。

所以，让我们从六十分做起吧！

1987年

小茶匙

为了寻找失踪的小茶匙，我整个上午失魂落魄，读书写稿都无心情。最后想起，必定是我将它混在西瓜皮里一起倒进垃圾袋，拎出去丢入远处的大垃圾箱里了。正想到时，耳听垃圾车已隆隆而至，便三步两脚赶出去，硬是踮起脚尖，把头一晚丢进去的一只塑料袋提了回来。

站在门口抽烟的邻居老先生看得一愣一愣的：怎么我会把垃圾从外面提回来呢？我只好很难为情地向他说明："这是我自己丢出去的垃圾袋，里面并没有黄金、美钞，但可能有一件心爱的纪念品。我非得彻底找一下才甘心。"他立刻点头说："当然，当然，希望你能找到。我也常做这种糊涂事。"老先生真是解人。

我把袋子解开，戴上橡胶手套，把里面的瓜皮果屑、鸡皮肉骨一一抓出来，满鼻子酸臭，却满怀希望。果然，"当"的一声，小茶匙掉出来了。那一刹那，我真如中了头奖，那份失而复得的欣慰无语言可以形容。

小茶匙不是金的，也不是银的，更不是水晶的，它只是一把不锈钢的、细细小小的茶匙，形状有点儿像耳挖子，玲珑可爱。老伴每天早上涂梅酱总要用它，每回都要问："我的耳挖子呢？"我也总说那是我的耳挖子。

其实这把小茶匙既不是他的，也不是我的，而是在儿子婴儿时用以调奶粉、给他喂奶糕的。历史之悠久，正与儿子同岁，已经三十一年了。无论什么东西，经你亲手摸了三十一年，用了三十一年，还能对它不爱惜吗？何况这把小茶匙上印有儿子从牙牙学语的婴儿一天天成长茁壮的痕迹呢？

记得他逐渐长大，能自己挖饭吃时，小胖手总是捏着这把小茶匙，挑得满满的烂糊饭，嘴巴张得大大的，往里送。我们唯恐他吃太多，抢下他的茶匙，他就哭着喊："我还要，我还要。"最后只好把饭碗端开，让他捏着小茶匙玩，他也就忘了吃饭的事。

小茶匙有这样珍贵的纪念价值，我们怎能不爱惜呢？因此几十年来，总是仔细地保存，仔细地用着。现在儿子已成家，每回与媳妇来，我总要问他，要不要喝咖啡？他摇摇头说要喝茶，于是小茶匙就无用武之地了。我为他拌了水果乳酪，他也不碰，只有巧克力冰淇淋他爱吃，就用这把小茶匙。我一边看他一匙匙地吃，一边笑着告诉他小时候贪嘴、张开大口吃鸡蛋菠菜泥拌烂糊饭的事。他一听，皱起眉头说："好难吃哟！"其实他哪里记得？那时他却吃得津津有味呢。

吃完冰淇淋，他把小茶匙不经意地往盘子里一放，站起身来就说："我要走了。"

他们来去匆匆，要留是留不住的。在阳台上目送他们的车子远去，回屋把小茶匙收到水槽里冲洗干净，仍是那么闪闪发光。儿子长大成人了，他用过、玩过的小茶匙崭新依旧，一直伴随我们，就很安慰了。

所以，小茶匙一时丢失，我怎能不找呢？找到了，怎能不高兴呢？

1987年

第　一

最近游览了美国最富有却最小的州——罗德岛。车子一进此州，必须减速至每小时四十五英里，因为面积如此小的旅游胜地怎可一晃眼过去而不慢慢驶行、慢慢欣赏呢？但许多游客不知道这个限制时速的规定，常常有人因超速而被罚款，给游客留下格外深刻的印象，它的名气也就愈大了。

其实罗德岛之闻名，只是由于它的财富。我们参观了一幢最古典、最传统的豪华大厦，全部大理石建筑。屋主为了每一块材料、每一处设计都要争取世界第一而费尽心机，必须达到这个目的，连古代意大利的皇宫都宁可耗巨资买下来，然后将其中每一扇门、每一块材料都照原样仿制完成，再将皇宫拆毁，以满足他比皇宫更豪华、天下独一无二的欲望。

有一间屋子的天花板所镶的圆形大理石采自全世界所有大理石名产地，其中一块就是中国云南的大理石。另有一根柱子，是全世界色泽最美的大理石。整幢屋子，几乎每样都是第一，包括餐厅里那只拌沙拉的椭圆形大盘子，现在已经变成五彩缤纷的花盆。

尽管屋子里样样都得了第一，屋主却仅活到五十多岁就去世了。只有生与死，他无法控制，无法以金钱买到寿命，使自己成为世上最长寿的人而争取到第一。

上天究竟是公平的。无贵无贱，同为枯骨。他若幽灵有知，来看看自己生前的豪华宅邸，不知有何感想？

1987 年

老师不要哭

我有很多很多漂亮的圣诞卡，用一个盒子装起来，每年圣诞节前，都拿出来一张张慢慢儿欣赏，慢慢儿回味。朋友们知道我爱猫，多半送我猫卡片，张张都好可爱。看着看着，心中总会浮起另一张猫的照片，却因几十年的转徙搬迁，再也找不到了。

照片上是一只母猫蹲在地上，安详满足地看着它的两只小猫在盘子里舔牛奶。背面是端端正正的童体字，写着："老师，我好喜欢这张照片，把它送给您。两只小猫，有一只是隔壁的，它没有妈妈了，我的母猫好疼它。"

这个小男孩是我四十多年前教过的小学生，叫林小杰，是一个胖嘟嘟的可爱小男孩。那时我大学刚毕业，太平洋战事爆发，我在上海回不了故乡，就在一所教会中学的附小当代课老师，教五年级英文兼级任导师。我没有受过师范教育，只凭自己当年初中时级任导师对我们百般爱护的记忆，体会着照顾这批天真无邪的孩子。没想到他们都好喜欢我。圣诞前夕，我一进课堂，小朋友一个个手里高举贺卡，一拥而前，齐声喊："老师圣诞快乐！老师先拿我的卡片！"我感动得不知先接谁的才好。他们有的钻进我怀里，有的拉住我的手。我亲亲这个，抱抱那个。我拥有了太多的爱，一颗心胀得好饱满。

晚上在灯下，我拿着卡片一张张看，一张张读背面的字。

那一群纯真的孩子啊！他们对我的爱，都表现在一笔一画、端端正正用心写出的简单句子里。

其中就有上述的那一张。那不是现成的贺卡，而是一张照片，是林小杰送的。

第二天，我包了一包包小礼物，分给每个小朋友。当我递给林小杰时，他悄声问我：“老师，您喜欢那张照片吗？那张母亲陪着小宝宝喝牛奶的照片。”我立刻回答：“好喜欢啊，真谢谢你。”他说：“那张的底片找不到了，哥哥有点儿舍不得。妈妈说：老师这么爱你，你送给老师吧！我就送您了。”

我把他搂在怀中，不知怎的，泪水忍不住扑簌簌落下来。他吃惊地问：“老师为什么哭呀？”我说：“听你说妈妈，老师也好想念妈妈啊！可是一时回不了家乡。”他也紧紧把我抱住。半晌，抬起头来望着我，一双大眼睛也是泪水汪汪的。他用小手摸我的脸颊，把我的眼泪抹去了，慢慢地、一个字一个字地说：“老师不要哭，我的妈妈分一半给您，好吗？您看照片上的母猫，不是也分一半给隔壁的小猫吗？”他是这般细心、善体人意，我真感动得说不出一句话来，只是搂得他更紧些，眼泪仍是止不住地流。

时间已匆匆飞逝了四十多年。林小杰，那个十岁小男孩如今也已是五十多岁的中年人了。不知道他现在究竟在哪里？这么多年的沧桑苦难，他是否都安然度过了呢？无论他在何方，愿上苍保佑这位愿意把妈妈分一半给我的好心孩子，祝他平安无恙。

在我心中，他永远是那样一个胖嘟嘟的可爱小男孩。

1987年

“劳健险啊！”

我的家乡有句土话叫做“劳健”。凡是别人关心地问你身体好吗，总是谦虚地回答：“劳健、劳健。”并不说：“托福、托福。”

仔细想想，非常合理，因为勤劳者必定健康，这是全靠自己，别人何能赐福给你？你又何能托别人之福而获得健康？

记得童年时代常听亲友们夸赞七十多岁高龄的外公身体好，外公就摸着白胡须得意地说：“我吃山薯丝，挑重担走山路，劳健险啊！”我也学着外公的口气说：“我也劳健险，妈妈也劳健险啊。”“险”就是“非常非常”的意思，也是我家乡土话。

外公呵呵地笑了，妈妈却笑骂我道：“你是茶来伸手、饭来张口的懒丫头，劳什么呀？”外公抱我到怀里说：“听见没有？要帮妈妈做事，身体才会健康。要劳险劳，就会健康险呐。”

所以“劳健”二字，我总是牢牢记得，也非常敬佩母亲是一位很劳健的女人。

有一次，在城里念女子师范的四姑回乡下来，对母亲讲女权运动的意义。母亲边炒菜边挥着另一只手说：“看我的大拳头多有力气？山薯拎好几斤，磨都推得动，还要你们新式的‘拳’做什么？”四姑解释说：“不是你这个拳头的拳啦，是妇女运动的女权啦！”母亲越发咯咯地笑起来：“我一天到晚里里外外地忙，还不够‘运动’呀？”我也急着帮四姑说：“不是你这个运动，是男女平等的运动呀！”母亲有点儿生气了，说：“平等平等，若是我们一双小脚去田里拔草，叫他们长工来煮饭，你们都要饿死了。”

母亲的歪道理解释，说得四姑哑口无言。母亲还悄悄地对我说：“看你四姑读了几句书，人越来越斯文，却是一来就伤风咳嗽，二来就停食，都是因为不运动呀。”她已经会用“运动”的新式字眼了。

说得也真是呢！母亲由于一年到头地勤劳，很少生病。如今时代不同了。富裕的生活、方便的电气设备使家庭主妇再不需要劳动，而且认为劳动并不等于运动。劳动是体力的辛劳与消耗，运动却是有规律的每日课题，有种种方式、种种名称，如八段锦、外丹功①、太极拳、禽舞、剑舞、迪斯科，等等。如能持之以恒，都可增进健康。

但我始终不能忘记外公得意的自夸：“我劳健险啊！”我相信他老人家的“劳”不仅是体力，而是包含一切的劳。四肢勤劳，体力不会退化；脑子勤劳，记忆力、思考力不会退化；心灵勤劳，灵感就会充沛。

所以我还是时时念着“劳健”二字，念着外公与母亲的教诲。但愿能以习劳而保持健康，却不应想着托任何人的福，这也可说是自求多福吧！

① 八段锦、外丹功均为养生气功。

灵犀一点

深秋的阳光照得屋子里暖烘烘的。我满心愉悦地摇开玻璃窗，让轻柔的微风也随着阳光一同进来，享受一个宁静的下午。

回头却见一只蜜蜂惶惶然扑向窗户，可是隔着一层窗纱，它飞不出去；再起飞盘旋一阵，又扑向窗纱，仍旧飞不出去。我看着好不忍心，生怕它几次三番地碰撞，会昏倒而死去。屋内空间虽大，但这小小的生命要的是更多的自由。只因我不慎，没关好阳台的落地窗，它一时好奇，错误地投入罗网。我对它感到好抱歉，却又无法引导它飞出去。

外子看我彷徨的样子，提醒我说，拿一张纸靠近纱窗，它也许会爬到纸上来，再轻轻包了把它放到外面去。我说："它哪里会这么听话呢？"他说："你忘了吗？那次我们陪朋友参观西点军校，坐在校园的石凳上，有两只蜜蜂一直绕着你飞，你不是把它们放到远远的矮墙外了吗？"

对呀！那时大家都担心它们会刺伤我。我却沉稳地想：不会的，我不动丝毫扑杀它们的念头，它们一定不会因自卫而刺伤我。于是我举起手臂，嘴里轻声念着："蜜蜂蜜蜂，停到我手背上来吧！我把你送到广阔的矮墙外去。"念着念着，两只蜜蜂真的都先后停到我手背上来了。我有信心地慢慢走到墙边，它们冉冉地飞走了。

当时，心头的喜悦是难以言喻的。那两只蜜蜂确实是那般地解人意，直到现在，我仍然记得它们在我手背上爬行时痒酥酥的感觉哩！它们的姿态是那般美丽，怪不得日本一位高僧说："不要去拍打苍蝇啊，它正在搓着脚、搓着手呢。"① 真个是万物静观皆自得。你怎忍心残酷地剥夺它们的生命与自由呢？

我一高兴，马上拿了一张软软的白纸，靠着纱窗上蜜蜂停留的地方，低声说："蜜蜂蜜蜂，到纸上来，我送你出去。"谁知说时迟，那时快，它并没爬到纸上，却一下子飞起来，停到我的大拇指上，又是那股痒酥酥的感觉。我真是喜出望外，惊奇于自己竟然有一只魔手呢，虽不能降龙伏虎，却会逗来小小飞虫。我定定地举着手，缓缓地走到阳台上。在亮丽的阳光下，蜜蜂悠悠飞起，那么地安详又自得。

听来好像是不可能的事吧？但，两次都是千真万确的事实，没有丝毫的渲染。我怎么可以凭空编造故事以博取读者的欢心呢？

其实这不是什么奇迹，道理很普通，那就是人与天地万物原都应有灵犀一点的沟通，对有生命的东西时时存怜惜心，生喜爱心，草木将因而欣欣向荣，虫鱼鸟兽亦不会因畏惧而起伤害心。所谓与草木通情愫，与虫鸟共哀乐，于是鸟飞鱼跃，各得其所，天地间呈现一片祥和气象。这是多么美好、多么令人向往的境界啊！这不是迷信，这也许正是佛家"菩提净土"的境界吧！

因感念于两次"灵犀一点"的情景，我愿诚诚实实地记录下来，将无边的欢乐与大家共享。

1988 年

① 出自日本诗人小林一茶的俳句："不要打呐，苍蝇在搓它的手，搓它的脚呢。"

电脑与人脑

有一回我们过白石桥去法拉盛[①]，走的是机器收费出口。碰巧机器失灵，管理员偏又久久不来，后面的车子穷按喇叭，紧张了大半天。从那以后，我们过那座桥一定选人工收费出口，而且肯定地认为：人脑胜过电脑。

后来又有一次，我们付钱时，收费员看了一下，捡出一枚钱币说："这不是我们的钱。"我一看，原来把从台湾带来留作纪念的五元当作美元的五分钱了，连忙向他道歉。换了以后，顺便问他愿不愿意收下这枚钱币当纪念品，他说："好啊！"笑嘻嘻地收下了。我对外子说："可不是电脑不及人脑吗？是电脑的话，只会拦住你不让过去，仍得靠人来找出问题何在。只有人会笑嘻嘻地和你说话。"

现在一切都电脑化，人类的生活简直可以用按钮来形容。主妇们的家务全赖电脑，只要一按钮，万事俱备。而且电脑可以陪你下棋、打牌、吟诗、对谈。但试问，对着机器人有骨无肉的脸，碰到它冷冰冰的手，生活还有什么情趣？我想，家庭电脑更普及以后，人的脸一定变得也跟机器人一样毫无表情了。

许多人看我爬格子辛苦，劝我何不练习用电脑写作？这对

---

① 位于纽约皇后区的街区，由中国、日本、韩国等移民形成"新唐人街"。

我这个死脑筋的人来说是不可思议的事。试想，面对一台机器的荧光屏，双手按钮，美感从何而来？已经有一两位朋友用电脑打字给我写信，字迹固然清晰，可是那龙飞凤舞的笔迹何在呢？许多学术文章固可由资料组合，一按钮便滔滔而出，但抒情记感之文也用现成资料分类组合的话，人类荡气回肠的感情还值一文钱吗？

就算电脑万能，但有些事，按了“电钮”，仍要“人钮”帮忙。比如洗衣机吧，你能按一个什么钮命令它在领子与袖口处多洗几下吗？还不是得用手先渍洗洁精或在两处搓几下吗？可见双手是万能的，人脑是随机应变的。

记得有一个笑话：一位牧师正在讲道，忽然狂风暴雨，雷电交加，听众有点骚动。牧师说：“各位请安心，这座教堂是有避雷针的。”一位听道者问：“您说万能的上帝会消除一切灾难，为什么还要靠避雷针呢？”牧师笑笑说：“你应当知道，人类发明避雷针的智慧就是全能的上帝赐予的恩典。”

且不论有没有全能的上帝，至少这个故事可以证明人脑远胜电脑。

当然，这都是我顽固又愚蠢的想法。也不知哪一天，科学家也会把我这个“今之古人”现代化起来。

1988 年

“你看到过我吗？”

从信箱里，几乎每天都要捧出一大堆印刷精美、推销廉价品的广告，即美国人所谓的垃圾邮件。其中常常有一张像信封那么大小的纸片，印着几个醒目的黑体字：“你看到过我吗？”（Have you seen me？）那是一张寻人启事，黑体字下记明身高、体重、面貌、肤色、年龄，等等，希望如有仁人君子发现，请尽快通知家属或警察机关。有的孩子已丢失好几年，父母仍在苦苦追寻，于是在启事上画了想象中那孩子长大后的形貌。其用心之苦，思念儿女之切，可以想见。

我每次拿起这些启事，总是呆呆地看上好半天，想象着丢失孩子的父母在怎样的忧焦中度日。人海茫茫，教人去何处找寻？是否真的能以这样的方式发现孩子，得以合浦珠还①呢？恐怕太渺茫吧！

这样的启事，不但信箱里有，而且公车上、候车亭里、超级市场门口，到处都有。忙碌的人，哪一个会停下来细看？哪一个会把那孩子的形貌印在心中而存心帮助那父母去找呢？我想，这样地到处贴启事，无非是警察机关为丢失孩子的父母尽

---

① 此处用典出自《后汉书·循吏传》：“（合浦）郡不产谷实，而海出珠宝。先是宰守多贪，诡人采求，不知纪极。珠渐徙于交趾。由是行旅不至，贫者饿死于道。（孟）尝到官。革除前弊。未逾岁，去珠复还。”

到最后一点心意而已。奇怪的是，在美国这样一个富有的国家，怎么仍有这许多拐骗孩子或贩卖人口的事呢？拐骗者应该也是为人父母的吧！怎么忍心活生生拆散别人的骨肉呢？世道衰微，人心险诈，实在令人痛心。

对着这些启事，我尽管于心有戚戚焉，最后也只能无可奈何地把它扔进废纸箱，同样地把它视作垃圾邮件。见多了，心也变得麻木不仁，想想真是可悲。

记得有一次，收看一幕电视短剧，情节感人。故事是这样的：

一位年轻的母亲丢失了孩子，她在电视上声泪俱下地向大众恳求，帮她找回孩子。第二天就有一位贫穷的妇人抱了一个婴儿给她，向她忏悔不该自私地抱走她的孩子，所以抱来还给她。她欢天喜地地接过来，仔细一看，并不是她的孩子。她生气地问穷妇人为什么要跟她开这个玩笑。穷妇人哽咽说："我明明知道自己不应该骗你，但我在电视上看到你那么伤心，那么想念孩子，一定是一位最好的母亲。我太穷，养不起孩子，所以愿借此机会把孩子送给你。太太，求求你发发慈悲，接受这可怜的孩子吧！他爸爸不知去向了，我没有能力养活他。有你这样的母亲，他就幸福了。"

她听穷妇人这么说，不由得恻然心动。但她婉转地劝穷妇人说："你千万不可把亲生的孩子给别人，再辛苦也得把他抚养长大。孩子要的是母亲，而不只是牛奶面包。你比我幸福，因为你有孩子抱在怀里，而我的孩子不知去向了。我已失去孩子，怎忍心夺取你的孩子？你快抱回去吧！你若是贫穷，我愿意补助你金钱。你年轻，一定可以好好活下去。"于是两位母亲拥抱着哭成一团。

这一幕感人的情景，我看得泪水潸潸而下。最难得的是那穷妇人婉谢了她的金钱赠予，说："真感谢你的仁慈与宽恕。但我越发不能接受你的金钱，因为我本来就不是来骗钱的。我只是想来托付我可怜的孩子。你的一席话使我觉醒，使我懂得做母亲的责任。你的情意比金钱宝贵千万倍啊！”她抱着孩子走了。

这一幕感人的短剧，使我久久不忘。

因此，每当我看到那些找寻孩子的启事时总是格外感触。我奇怪，拐骗别人孩子的究竟是什么心肠呢？

1988 年

母爱无边

每次去一位朋友家，她八十多岁高龄的老母亲总是用眼睛定定地望着我，伸手和我相握，用浓重的乡音说："你坐，你坐。"吃饭时，殷殷招呼我："你吃，你吃。"

朋友告诉我，她母亲的眼睛只能看到模模糊糊的一点，耳朵也只能听到隐隐约约的声音。但是看她对客人的招呼，好像耳聪目明得很，因为她非常喜欢女儿的朋友来。

我们在楼下的起居室欣赏平剧录影带。朋友生怕我膝头冷，拿了一块五彩缤纷的毛线大毯子给我盖上，对我说："这是我妈妈年轻时亲手一针针钩的手工毯。她已经八十四岁了，毯子的颜色还是如此鲜艳。这条毯子，我从小盖到老。如今自己都当祖母了，每回盖着毯子看电视看书，就感到温暖无比。"

她又告诉我，老人家偌大年纪，虽然耳不聪，目不明，但每天下午家里人是否都已下班回来，她都清清楚楚。有一天大风雪，交通阻塞，孙儿迟迟未到家，她就一次次摸到门口焦急地等待。那一份倚闾之思[①]，实在令人感动。

我们在地下室看电视，她竟多次摸下楼梯来，问我们要不要喝茶，肚子饿不饿。她女儿焦急地喊："妈妈，你怎么又下来

---

① 此处用典出自《战国策·齐策》："女朝出而晚来，则吾倚门而望。女暮出而不还，则吾倚闾而望。"

啦？快回屋去睡嘛。”起身扶她上楼去，她嘴里却一直在喃喃地嘱咐着。

儿女们在母亲心中真是永远长不大的孩子吗？她的关怀、她的担忧是永无止境的吗？

我的另一位朋友嫁给一位波兰籍的美国人，有一次陪了她婆婆来我家。我招待她吃了一顿比较别致的中国菜，她回去后念念不忘，来信谢了又谢，并送我一个波兰玩具娃娃。她信中说：“波兰亡国①后，我只回去过一次。看着满眼的凄冷苍凉，心里很难过。只在街角地摊上买了这个女娃娃，珍藏了整整十年，现在把它送给你。真高兴认识你，也真高兴媳妇有你这位朋友。”

一片诚恳，流露于字里行间。最后她写道：“儿子和媳妇远去印尼以后，我心里很难过。我年纪大了，总希望他们不要远离，但为了儿子的前途，我总表示得高高兴兴、健健康康的样子，以免他们不放心。其实我最近因整理园中花木，重重地摔了一跤，腰背受伤，好痛。但请你千万不要告诉他们，以免他们记挂。我会照顾自己的。我只是在想，如果他们不远行，我就不用做这份沉重的工作了。”

读到此，我不禁泫然泪下。但我在给她媳妇的信中仍不敢提老人家摔跤受伤的事，只希望他们尽可能早点回来，以免老母盼望。

又有一位朋友，她的爱子在北卡罗来纳工作，事忙，假期不能回来。做母亲的极盼见到儿子，但她从来没开车去过从德拉瓦到北卡②那么远的高速公路。她丈夫并不开车，却鼓励她

---

① 波兰曾三次亡国：1795 年，俄、普、奥瓜分波兰；1815 年，普、奥瓜分波兰；1939 年，德国占领波兰西部，苏联随后占领东部。

② 德拉瓦州在美国东岸，北卡罗来纳州在美国东南部。

去，坐在她身边替她看地图，辨方向。他们顺利地开车去又开车回。她在电话里对我说：“只因为我一心想快快看到儿子，竟有勇气与体力开那样远的长途车，而且是第一次。连我自己都不相信啊。”

三位母亲的故事告诉我们，这就是母爱，无边的母爱！

1988 年

泪珠与珍珠

我高一时的英文课本是奥尔科特的《小妇人》，读到其中马区夫人[①]对女儿们说的两句话：“眼因多流泪水而愈益清明，心因饱经忧患而愈益温厚。”全班同学都读了又读，感到有无限启示。其实，我们那时的少女情怀并未能体会什么是忧患，只是喜爱文学性句子本身的美。

又有一次，读谢冰心的散文，非常欣赏“雨后的青山，好像泪洗过的良心”[②]，觉得她的比喻实在清新鲜活。记得语文老师还特别加以解说：“雨后的青山是有颜色、有形象的，而良心是摸不着、看不见的。聪明的作者，却拿抽象的良心来比拟具象的青山，真是妙极了。”经他一点醒，我们就尽量在诗词中找具象与抽象对比的例子，觉得非常有趣，也觉得在作文时于描绘方面多了一层领悟。

不知愁的少女最喜欢的总是写泪与愁的诗。有一次看到白居易新乐府中的诗句：“莫染红丝线，徒夸好颜色。我有双泪珠，知君穿不得。莫近红炉火，炎气徒相逼。我有鬓边霜，知

---

① 又译马奇夫人（Mrs. March）。

② 出处或为郭沫若诗《雨后》：“雨后的宇宙，好像泪洗过的良心，寂然幽静。海上泛着银波，天空还晕着烟云，松原的青森！”

君绡不得……”[①] 大家都喜欢得颠来倒去地背。老师说：“白居易固然比喻得很巧妙，却不及杜甫有四句诗，虽写实，却更深刻沉痛，境界尤高。那就是：莫自使眼枯，收汝泪纵横。眼枯即见骨，天地终无情！”[②]

他又问我们：“眼泪是滚滚而下的，怎么会横流呢？”我抢先回答：“因为老人的脸上满布皱纹，所以泪水沿着皱纹横流，是描写泪多的意思。”大家听了都笑，老师也颔首微笑说：“你懂得就好。但多少人能体会老泪横流的悲伤呢？”

人生必于忧患备尝之余，才能体会杜老“眼枯见骨”的哀痛。如今海峡两岸政策开放，在返乡探亲的热潮中，能得骨肉团聚，相拥而哭，任老泪横流，一抒数十年阔别的郁结，已算万幸。恐怕更伤心的是家园荒芜，庐墓难寻，乡邻们一个个尘满面，鬓如霜，那才要叹“未老莫还乡，还乡须断肠”[③]。这也就是探亲文学中，为何有那么多眼泪吧。

说起“眼枯”，一半也是老年人的生理现象。一向自诩“男儿有泪不轻弹”的外子，现在也得从眼科医生那儿借助“人造泪”以滋润干燥的眼球。欲思老泪横流而不可得，真是可悲。

记得儿子幼年时，我常常为他的冥顽不灵气得掉眼泪，儿子还奇怪地问：“妈妈，你为什么哭呀？”他爸爸说：“妈妈不是哭，是一粒沙子掉进她眼睛里，一定要用泪水把沙子冲出来。”孩子傻愣愣地摸摸我满是泪痕的脸，他哪里知道他就是那一粒沙子呢？

想想自己幼年时淘气捣蛋，又何尝不是母亲眼中催泪的沙子呢？

---

① 出自白居易《啄木曲》。

② 出自杜甫《新安吏》。

③ 出自唐代韦庄《菩萨蛮》。

沙子进入眼睛，非要泪水才能把它冲洗出来，难怪奥尔科特说："眼因多流泪水而愈益清明"了。

记得有两句诗说："玫瑰花瓣上颤抖的露珠，是天使的眼泪吗？"想象得很美。然而我还是最爱阿拉伯诗人所编的故事："天使的眼泪，落入正在张壳赏月的牡蛎体内，变成一粒珍珠。"其实牡蛎是为了努力排除体内的沙子而分泌液体，将沙子包围起来，反而形成一粒圆润的珍珠。可见生命在奋斗的历程中是多么艰苦，这一粒珍珠又未尝不是牡蛎的泪珠呢。

最近听一位画家介绍岭南画派的一幅名画，那是一尊流泪的观音坐在深山岩石上。他解说慈悲的观音因愿为世人负担所有的痛苦与罪孽，所以一直流着眼泪。

眼泪不为一己的悲痛，而为芸芸众生而流，佛的慈悲真不能不令人流下感激的泪。

基督徒虔诚祈祷时想到耶稣为背负人间罪恶而被钉死在十字架上滴血而死的情景，常常感激得涕泪交流，那时，他们满怀感恩的心是最纯洁真挚的。这也就是奥尔科特说的"眼因多流泪水而愈益清明"的境界吧！

1988 年

瞬息人生

我们的近邻是一对年逾七旬的老夫妇。老先生和蔼而沉默，每天一大早，无论风雨阴晴，总是提一大包垃圾慢慢地走到老远的巷尾，丢进垃圾箱，然后点燃一支香烟悠闲地抽着，慢慢地走回来。遇到邻居，笑嘻嘻地说声“早”。常常还看他捡一些别人丢弃的家具回来，放在车库里，用锄头敲敲打打，变成可用的新东西。

老太太则精神抖擞，口若悬河，见人就说个没完。她说她真要把老头子宰了，因为他太喜欢捡破烂，又要抽烟，所以要把他赶到后面的车库门外去，以免污染屋里空气。

他们有一个中年的女儿同住。女儿是一位虔诚的天主教徒，终身不嫁，在中学教书。为人非常和蔼可亲，热心负责，所以当选为社区管理委员之一。

近半年来，老先生的健康远不如从前，见了人也不大打招呼了。外向的老太太依旧生龙活虎，由女儿陪着外出购物或游玩，回家时总是兴致勃勃的。我见到时不免问起她先生的身体如何，她总是说：“他老觉得自己浑身都是病，我真受不了。幸得有女儿陪我往外跑。”

最近好久没看见老先生出来倒垃圾了。我见到他女儿，问起她父亲，她哀伤地说父亲已在医院病逝了，患的是肝癌。我们近得只隔一家，竟一点儿也不知道，真是“老死不相往来”，令人感触万千。

女儿说她母亲因父亲逝世而过度悲伤，健康一下子像崩溃了，也变得浑身都是病，心情十分低落。我因此不便去打扰她，只托她女儿代为致意。

昨天天气晴朗，我中午去邮局取信，却见老太太在后面的车库门外彷徨。问她是否在等女儿回来，她沮丧地说女儿要晚上才回家，她出来倒垃圾，虚掩的门被风吹得关上了，把她锁在门外，一筹莫展。我扶她到我家里先坐一下，打电话请管理员来帮忙开门，却找不到人。老太太幽幽地说：“以前老头子在的时候，垃圾都是他提出去倒掉，我进出都不带钥匙的。现在关在门外，却没人帮我开门。”

我望着她哀伤的神情，无言以慰，又不知如何帮她把门打开。幸得这阵子正有油漆匠在油漆社区房屋的外墙，就请一位工人从老太太屋子的后阳台爬入，进去把前门开启，解决了问题。

我扶着她颤巍巍地回到她自己的家，屋子里阴暗而空洞。我感觉眼前这位老太太和以前生龙活虎的神情，判若两人。她女儿忙于教课，虽孝顺，却不能时刻侍奉在侧。看着她的苍苍白发、惨淡容颜，深体她老年折翼的哀痛。

从她屋子那边绕回来，在亮丽的阳光下看见另一家邻居的一位少妇带着婴儿坐在草坪上晒太阳。我忍不住蹲下来和她寒暄，逗逗她的孩子。她幸福地望着婴儿。婴儿才七个月，非常老练地张开小口，舞动一双胖手要想说话，一对眼睛碧蓝如宝石，可爱极了。年轻的妈妈说：“我真希望她的眼睛永远是蓝的。”我说：“一定的。”

回到家中，心头一直浮现着两张脸：老太太的白发苍颜及其凄凄惶惶，婴儿的手舞足蹈及其一对宝蓝的眼睛。我感触万千地告诉外子，他却云淡风轻地说：“这是很自然的现象，何必叹息？那位颤巍巍的老太太不也是从那样可爱的婴儿长大的吗？”他又笑嘻嘻地套用时髦的文艺腔说：“她已经走过童年，走过青春；她曾经笑过，曾经爱过。纵然苦涩，也当无怨无悔了。”

真佩服他的幽默与豁达，谁不是这样走过来的呢？婴儿每分每秒地长大，长大后每分每秒地老去，这原是自然现象，真当学学庄子“其生也时也，其死也顺也，安时而处顺，哀乐不能入”①，以求安享余年。

但我仍念念不忘婴儿眼睛里那透明的宝蓝和她母亲对她的期望：“我真希望她的眼睛永远是蓝的。”她能吗？

1988 年

---

① 出自《庄子·养生主》，原文为：“适来，夫子时也；适去，夫子顺也。安时而处顺，哀乐不能入也。”

盼雪心情

每天早晚，他听完气象报告，总要学着报告员的调儿对我重播一遍。我呢？似听非听，反正不外出，室外的风雨阴晴与我无关。但是到了雪季来临时，我就关心是不是会下雪了。不是怕雪，而是盼雪。他生气地说："你是黄鹤楼上看翻船，隔着窗儿在暖室里赏雪景，也不想想一群群上班的人与风雪搏斗有多辛苦？"

说实在的，我这份爱雪成痴的心情，不是笔墨所能表达的。每回一听气象预报要下雪了，就开始盼望雪快快下来，下得愈大愈好。可是有时气流变了，雪不来了，空盼一场，心头就有一点儿失落感。

如果是星期假日遇上大雪，老伴不上班，可以闭门读书，听音乐，看电视，吃零食，讲童年玩雪的故事，确实是南面王不易焉。

有一位朋友对我说，雪天时心情宁静，工作效率大增。她是画家，我劝她凭窗写雪景，必定可以神游宇宙。她说雪景难画，雪的沉静与安详不是丹青所能传达的。她年轻时曾画过一幅雪景，画了一对翡翠鸟在常青树荫深处躲雪，自认为确实画出了一对鸟儿相依相守的神情。那幅画早被爱雪者要去。如今年老，不复有软语温存的心情，要画，也只能画出雪的一片寂静。可见赏雪也如听雨、看山一般，有少年、中年、老年玩味的不同。

她与我都念起那首脍炙人口的诗："有梅无雪不精神，有雪无诗俗了人。日暮诗成天又雪，与梅并作十分春。"[①] 我们以乡音放声吟唱，我叹息："此处无梅花，我们都是俗客。"她说："眼中无梅，胸中有梅便好。"我说："好一个胸中有梅。"但我还是劝她，画一枝梅花以慰情吧！她笑笑说："画了皮相，也画不出那一副傲骨。还是把梅花永存胸中吧！"

大概作画也像写文章，有时觉得千言万语总写不出心中最深刻的一点儿感受。难怪诗人也会叹息，多少心中意，却是"问到梅花总不知"[②] 了。

很多年前，我曾写过一篇小说，题名《梅花的踪迹》，以母校之江大学冬天的风雨梅花为背景，编织了一则虚无缥缈的故事。梅湖边上那个少女扑朔迷离地从风雪中倏而来，忽而逝，使画家于怅惘之余，不能再作画，乃于少女倚着梅花的画幅上题了两句词："红与白，娇难别，天涯影里胭脂雪。"

这篇小说的灵感是从《珍妮的画像》[③] 而来。我在篇首借引了恩师的词："缟衣邀共折，素抱应同惜。犹有最高枝，无妨出手迟。"[④] 以衬托梅花的孤高风格。

恩师已逝，此文成了永久纪念。我这个编故事的俗人既不擅吟诗，又不会写梅，对着满眼雪光，徒增怅触而已。

1988 年

---

① 出自宋代卢钺《雪梅》。

② 或出自宋代缪鉴《春雪》："芒鞋趾碎琼瑶窟，间着梅花总不知。"

③ 可能指 1948 年圣诞节上映的美国电影。

④ 出自夏承焘《菩萨蛮》。

暖　垫

一方非常非常旧的暖垫，外面的条纹布套子都洗褪了色，还缝了两块补丁；插头已换了好几次。这样破旧的东西，丢在垃圾箱里都没人捡，我却最爱它。冬天，我将它插上电，铺在膝头，顿觉浑身暖和起来，读书、写稿都效率倍增。

这方旧暖垫，我已用了十年以上，却舍不得丢弃，而且永不会丢弃，因为它是儿子当船员时带回来给我的。“妈，我没有钱买贵重东西，知道您怕冷，带个暖垫给您。”儿子说。

我捧在手里，还没插上电就感到暖烘烘的，心里好欣慰。

但从那以后，他忽又外出不归，行踪飘忽，年复一年。冬天，我捂着暖垫，心头却是一阵阵寒冷与焦急。

暖垫渐渐旧了，套子也破了。我将它缝缝补补，却无意换个新的，因为它使我体味到母子的息息相关。

五年前，我来到美国，仍旧宝爱地带着这方旧暖垫。欣幸的是儿子已安定成家，我不用再焦急了。

有一天，暖垫又失灵了。儿子为我修理好。媳妇说：“妈妈，这个暖垫太旧了，给您买个新的吧！”我说：“不要买新的，我就是最爱这个旧暖垫。”我把它插了电，铺在膝头，高兴地说：“你摸摸看，好暖和哟。”

他们都站在我的身边，伸手放在暖垫上，笑呵呵地说：“哦，真的好暖和哟。”

好鸟归来

春意渐浓，南窗外的枫树原是光秃的枝条，尖端已爆出殷红叶芽。不数日，便将绽放如满树繁花，与行人道边鹅黄的迎春、嫩绿的草坪相互映辉。

一对腹部金黄色的鸟儿绕着枫树取次而飞，又不时停在高枝上四面张望，似有意在枫树的最高桠槎上营巢。我心中不由泛起一份“有凤来仪”的喜悦。

凭窗守望好鸟营巢，这已是第三个年头了。

前年，就是这样美丽的一对鸟儿在我家西窗外一株香柏树上辛勤衔枝，筑巢，产卵。孵出小鸟以后，父母轮流衔虫喂养，直到黄口小儿羽毛丰满，从巢中跳上枝头。母鸟总是在一旁耐心呵护，偏着头看儿女们跃跃试飞。公鸟也来了，叽叽咕咕地好像在对它们珍重叮咛。不多久，小鸟们的翅膀硬了，终于振翅而飞，一飞不返。它们的父母盘旋树梢，停在屋顶悲鸣竟日，听得人好心酸。鸟去巢空。不久，空巢于风雨中坠落泥土，一番生气蓬勃的喧闹顿归沉寂。倚窗守望的我，由开始的欣喜，而期盼，而焦虑，而怅惘，犹如亲身经历了一场离合悲欢。

去年，又是似曾相识的一对夫妻鸟，也选中了这株香柏树筑巢。我虽十二分欣喜它们能如旧巢燕子般归来，但因一年中香柏树已长高，枝条平平地伸展开来，原来的桠槎已不及以前有茂密的针叶覆盖，真担心这个不够隐蔽的处所对它们是否相宜。但想想，具有第六感的鸟儿是不会选错地方的，于是我又倚窗呆看起来。由于枝叶稀少，我可以一眼直窥堂奥。看母鸟孵蛋时，常常转动身体，又频频用爪拨卵，使蛋能平均接受体温；孵累了，飞到附近栏杆上休息片刻，公鸟就飞来与它作伴。夫妻俩软语商量一阵，又双双飞到远处觅食、散心去了，常常很久才回来。我真担心孵得热烘烘的蛋冷却呢。

谁知有一个早上，忽见母鸟焦急万状地在枝上又跳又叫，鸣声怪异。我吃惊地仔细一看，巢中竟然空空如也。尚未孵出的蛋怎么会不翼而飞呢？忽见一只肥硕的浣熊在香柏树下倏地飞奔而逝，泥地上残留着几片碎蛋壳，我才恍然：浣熊乘母鸟不在时，爬上树去攫取鸟卵果腹了。可怜它们一场辛苦，尽付东流。它们凄楚的悲鸣令人鼻酸。它们哪里知道幼雏的悲惨遭遇实在是由于天地不仁，有意捉弄无辜的生灵？我们又何能责怪浣熊的残暴呢？

现在又见同样美丽的一对鸟儿飞来择枝营巢。幸得它们选中的不是西窗的香柏树，而是南窗外的枫树。但愿这儿是个吉祥的好地方。

开始时，看它们衔来一些碎纸破絮，先把一个三角形的桠槎垫平。但一阵风过，碎纸破絮都被纷纷吹落，如是者数次。我看它们实在太辛苦了，很想助它们一臂之力，就趁它们不在时，由外子架了梯子爬上树去，用麻绳与细布条就着那三角形桠槎大致绷了一张网，给它们先垫好扎实“地基”，好让它们顺利建屋。

在这项工作进行时，我们真担心鸟儿飞来看见了会受惊而去，永不再来，岂不弄巧成拙，好心变恶意呢？我在树下虔诚地祈求大慈大悲的观世音菩萨，广大灵感一定会使鸟儿知道我们是一片好心。我这满腔的诚意该不致被视为愚夫愚妇的迷信吧！

好容易完成任务，老伴爬下树来，累得满头大汗，却洋洋得意地说："幸得我小时候有爬树经验，否则今天这辛苦活儿也干不了。不过那时爬树是捡鸟蛋玩，现在爬树是帮鸟儿做窝。"我说："现在你老了，多做点儿好事，也是为顽皮捣蛋的童年时闯的祸赎罪啊！"

我们这一臂之助还真管事呢。只见这对鸟儿在枫树上跳跃相呼，一定是惊喜地发现它们选定的桠槎"地基"巩固了。窗子里的我们也不由得拍手欢呼起来。

接着就看它们很快地衔来各种粗粗细细的枝条，加紧筑巢。最有趣的是公鸟每回飞来必先停在高枝上四下观察一番，然后将所衔枝条丢入基地，立刻飞走了。母鸟飞来时，才仔细将枝条摆妥，再用身体使力地四面转动，使它扎实平滑，想来是生怕孵卵时压破蛋壳吧？它们如此轮流地分工合作，显出雌雄二鸟的性格不同，也见得它们的鹣鲽情深，令人感动。

为免干扰它们的建屋工作，我们特地把窗帘放下，只从缝隙中悄悄地观察，它们的辛勤工作都在清晨，一近晌午，就飞到别枝休息去了。原来鸟儿们也知道"一日之计在于晨"呢！

使我忧心忡忡的是那贪嘴的浣熊是否会再来偷袭，却又无法代为防范。所幸这株挺拔的枫树比西边那株香柏树高很多。而且几天后，茂盛的枫叶展开，便将浓荫密布。这里应该是"风雨不动安如山"①的吉屋吧！

昨天，我从楼上望下去，一个玲珑的鸟巢已经完工了。外圈是浅黄色，里层是深褐色，圆润光洁，无与伦比；枝条交织，

---

① 出自杜甫《茅屋为秋风所破歌》："安得广厦千万间，大庇天下寒士俱欢颜。风雨不动安如山。"

巧夺天工。真不知它们是从何处衔来如此精致的建材，尤不能不叹佩它们建筑工程技艺之高超。

老伴高兴地说：“好了，现在可以放心了。鸟儿和我们都是有巢氏。”

好一个“有巢氏”，听得我大笑起来。

我虔诚祝望鸟妈妈养儿育女，一帆风顺。

仍不免挂怀的是，它们辛苦抚育的幼雏羽毛丰满以后，终必背弃父母，离巢而去，一去不返，留下无限怅恨。

我又将听见那一对父母鸟在树梢、屋顶彻夜悲鸣，引人鼻酸了。

诗人的伤心之句，不禁涌上心头：

> 燕燕尔勿悲，尔当返自思。
> 思尔为雏日，高飞背母时。
> 当时父母念，今日尔应知。①

天道循环，岂不是造化有意戏弄万物呢?!

1983 年

---

① 出自白居易《燕诗示刘叟》。

一点领悟

炎炎长夏，竟日开冷气感到很不舒服，关掉冷气又闷热难当。在开开关关的冷暖人间中，引起过敏性喉头炎和剧烈咳嗽，因而影响睡眠，精神十分困顿。看书注意力不集中，写作没有灵感，心中惶惶然，担心自己已成废人了。

一位好友劝我要把心情放松，烦躁比燠热更伤身；要少服药，多饮啜凉茶，尽量培养一点儿调冰雪藕的情趣。心静自然凉，喉头炎和咳嗽就会好。

我接受她的劝告，丢下一切工作，全心全意地闲荡起来。看电视上的轻松节目，打毛线，饮冰水，整理书刊，翻箱倒箧，捧出心爱的玩意儿一样样地把玩，一边回忆那些有趣与令人低回的往事，或朗吟心爱的诗词，与古人共哀乐。渐渐地，心情轻松了，睡眠正常了，喉头炎真的不药而愈。我才领悟到心理治疗胜于药物。苏东坡有两句诗："因病得闲殊不恶，安心是药更无方。"① 安心才是治病最简单有效的良方。

记得多年前读到《读者文摘》上的一篇文章，写一位肺病患者躺在床上，每时每刻都感觉病菌在啃噬他的肺，马上就要蛀空了。一位老牧师却笑嘻嘻地劝他说："朋友，尽量把你的

---

① 出自苏轼《病中游祖塔院》。

病保留在肺部，你就不会死。若让病菌侵入脑子，你就没有救了。”牧师的意思当然是劝他不要老是惦记他的病，让健康的脑子多多想些快乐的事。病人恍然想通了，立刻起来散步，享受早上清新的空气、傍晚美丽的斜阳；再由医生对症下药，果然渐渐痊愈出院了。如果他继续忧愁下去，将死于忧虑而不是疾病。

曾读高僧智者大师语录，其中有一节对病人的启示：“息心和悦，众病即瘥。”“但安心止在病处，即能治病。”“息心和悦”是宽心，“安心止在病处”是不紧张，不夸张病情，此意岂不正和那位老牧师劝病人的话不谋而合？可见苏东坡“安心是药”之诗是一点儿不错的。

《维摩诘经》中“问疾”有几句话：“起时不言我起，灭时不言我灭……观身无常，苦、空、非我，是名为慧。”文义深奥。这是当年恩师指点我于病中细读的。他下注脚云：“我空则病空，不以病为苦。在病中体味人生，不起厌离念、怨恨憎怒念。以自身所受之苦，推悯万众之苦，病自瘥矣。”

佛经哲理深奥，当静心细读，从中体味，也于日常生活中体味。不急躁，不怨恨，想想世间比我不幸的人、比我病得更痛苦的人有多少，同情别人，就会心平气和下来，心安，理也得了。但这修炼工夫、养性工夫，又谈何容易呢？

吟诵诗词，颇有疗郁治病之功。微恙初愈，一卷在手，随意朗吟，于难得的清闲中想象阴雨后的晴朗好天气，岂不格外值得我们珍惜呢？

陆放翁是一位豁达的诗人，我很喜欢他的几句诗：“小疾深居不唤医，消摇更觉胜平时。”他享受的是“绿径风斜花片片，画廊人静雨丝丝”[1] 的悠闲情趣，正和前引东坡诗有异曲同工之妙。

这也算是我小病中的一点领悟吧。

1993 年

① 这里的四句诗均出自陆游《小疾谢客》。

此心春常满

坐着老伴开的车，经过闹市区路口，停下来等红绿灯变换时看见一位盲人，靠一根拐杖，在寒风细雨中摸索着艰难地走过马路。他连一只导盲犬都没有，显然是个无家可归、无人照顾的老人。看了心中难过，想想自己只不过左眼眼压偏高，只要按时滴眼药就不致严重到一目失明，却总是惶惶然不能安心。如今看着这位孤苦无依的盲人在街头踽踽独行，而我能坐在暖烘烘的车子里有老伴照顾，多么幸福、安全。我实在不应只为一身的疾病而担忧，而应多同情世上苦难之人，尽量对他们伸出援手才是啊！

车子在上高速公路的瓶颈处停下了。只见一个中年妇人手捧玻璃纸包着的美丽花束，向一辆公交车窗口兜售。交通灯立刻就要变换，没有一个人在匆忙中向她买花。我们的车子也从她身边驶过。我一直向她疲累又失望的脸上注视，对她感到满心的歉疚与无奈。天寒风紧，她在车辆穿梭的路口，一天究竟能兜售几束花、挣得几文钱呢？想她家中一定有嗷嗷待哺的小儿女，甚至还有卧病的老人或丈夫吧？不然的话，她为什么显得那么忧戚呢？

车子进入纽约街头，又看见路边长椅上坐着一位白发苍苍的老妇，衣衫褴褛，身边摆着两只大塑料袋，大概就是她全部的财产吧！她以一双颤抖的手把一块面包小心翼翼地掰下一点儿，放入嘴里慢慢咀嚼，鸽子就在她脚边啄食落下来的面包屑。显然又是一位无家可归的老人，正如我常常在电视里看到的新闻镜头。

我喃喃地对老伴说着心中的感触，他专注地开车，没有回答我的话。回到家时，他将汽车引擎熄了火，长呼了一口气，念道："快快乐乐出门，平平安安回家。"我说："眼看这许多苦难的人，心中怎么快乐得起来？"他轻喟了一声说："愁不了那么多啊！你不是最喜欢两句古话吗？'但得此心春常满，须知世上苦人多。'我们只要能惜生、爱生，能满怀同情，多多想到世上苦难之人，遇有机会，尽量帮助他们，向负责照顾他们的机构量力捐献金钱，我们的心也就安了。不是我们力所能及的事，徒然忧心又何济于事呢？"

我很惭愧未能对苦难贫寒之人直接尽一份力量，因而想起一位老学长所做的热心助人之事。她是我的中学同学，比我高四班，今年已逾八十高龄了，可是她永远保持一颗年轻人的心，参加了当地政府的一项慈善计划，特为低收入家庭的儿童教音乐课程。她募捐购置三架旧钢琴，让小学生们在下课后到教育中心来接受音乐训练，每周两个下午。她在教钢琴之外，还为中高年级学生组织合唱团，为低年级学生组织演奏团。她认为若能让贫穷的黑人儿童有机会接受音乐教育，对他们的一生一定会产生良好影响，也可以减少许多社会问题，消除黑白肤色之间的冲突，因为优美的音乐是陶冶人的心灵的。她是一位虔诚的基督徒，她说在上帝面前人人都是平等的，贫穷不是他们的罪过，因贫穷而受到歧视是不公平的。

满腔的热忱使她忘了自己以八十余岁高龄在风雨中奔波的辛劳。有的朋友劝她好好保养身体，放弃这项辛苦的义务工作，并提醒她深入贫苦黑人区的危险性。她却坦然地说："不会有任何危险，因为我爱这些孩子，孩子和他们的父母也都信赖我。"

我的这位学长才是真正发挥了无比的爱心，才真正感到"此心春常满"的欣慰吧。

放走一只小飞虫

我正在灯下聚精会神地看书，忽然，一只硬壳小飞虫“啪”的一声，跌落在书页上。看它四脚朝天、昏头转向地挣扎着，却仍翻不过身来。我生怕一不小心会把它压得粉身碎骨，就赶紧用一张硬纸片把它拨转身来。它居然不跑，还用一对小眼睛盯着我看。透过老花眼镜，它那副意定神闲、不慌不忙的样子，我是看得清清楚楚的。我把硬纸片摆在它身边，它爬了上来，我才轻手轻脚地把它放到阳台外，口中念念有词：“小飞虫，你别怕，妈妈把你放到外面去。外面有青草，有雨露阳光，好舒服哟。屋子里太小，不是你该待的地方。”

我念着念着，发现自己竟对小飞虫自称“妈妈”，不由得哑然失笑，也不由得因自己幼稚的动作而悠然神往起来。

时光一下子倒退了几十年……

那时我唯一的孩子才四岁。他天性浑厚，对小狗小猫的爱护不必说，连对小小虫儿都不忍加以伤害。他看见小虫在地上爬行，就说：“不要踩虫虫，虫虫在找妈妈，妈妈也在找它。”于是他蹲下小胖腿，一直守着虫儿慢慢地爬。他能守上好长的时间，连最爱的牛奶都忘了喝，却把甜饼干掰碎了要喂虫虫。我对他说：“饼干末撒得满地，会招来蚂蚁的。”他高兴地说：“蚂蚁也要吃糖糖的呀。”他把所有甜的东西都叫做糖糖。

看他一脸的憨态，我不忍心责怪他，就抱起他说："蚂蚁有它们自己的家，我们只能在它家门口放点儿糖糖，不要把糖糖满地扔。蚂蚁来搬运糖糖，会被人不小心踩死的呀。"他一脸的认真，很后悔地说："妈妈，我不扔糖糖了。我不要踩死蚂蚁，蚂蚁妈妈会哭的。"

我亲亲他说："宝宝真乖，真聪明。宝宝不会踩死蚂蚁的。"他捧着我的脸，仔细看着我说："妈妈，你为什么哭了？"我说："妈妈没哭呀！"他说："你眼睛里有眼泪，你是不是想妈妈呀？"我真是忍不住要哭了。可爱的孩子，他是那么敏感，那么好心肠。

当时情景，历历如在目前，而如今他竟已近不惑之年了。他工作很忙，我们一年难得见几次面。今年他生日那天，我好不容易才约他来到家中。我问他："你快四十岁了吧？"他"嗯"了一声说："对呀。"就没再作声了。我不知道他是否记得我们的年纪。看他皮肤黝黑，双肩与手臂粗壮，想见他每天户外工作的辛劳，只有笑起来时仍隐约显露幼年时的一丝稚气。我问他工作顺利吗，他叹了口气说："马马虎虎啦，有活干就好。"他父亲向他讨教一些室内装修的问题，他侃侃而谈，因为这正是他的本行。在他眼中，我们住了十年的房子已老旧了，用了十年的车子也老旧了。他父亲笑笑说："我们十年来身体一直健康，一点儿也没有老旧。"他嘻嘻地笑了，又出现一脸幼年时的天真憨态。

正在此时，一只蜜蜂从窗口飞进来，停在他的肩膀上。我真担心他会把它一下拍死，没想到他却站起身来，慢慢走到阳台外，举手轻轻一挥，让蜜蜂安详地飞走了。他进来对我笑笑，说："妈妈，您别紧张，我不会把蜜蜂拍死的。"我心里只想说："是呀！虫虫有妈妈，你拍死它，虫虫的妈妈会哭的啊！"可他已经是四十岁的人了，我更是两鬓飞霜，还能对他说这样的童话吗？但无论如何，他放走了小蜜蜂时对我那天真的一笑是多么令我欣慰啊！

前几天，朋友九岁的男孩来借小朋友的书看，我看他也是活泼中带着浑厚的孩子，非常可爱。我们正说着话时，他忽然发现门外栏杆上停着一只美丽的蝴蝶，就想开门出去捉它。我劝止他："千万不要去惊扰蝴蝶，它停在那儿休息呢。你玩儿累了，不是也要休息一下吗？"他点点头，就不去捉它了。但他一直站在门外不肯进来，很久很久以后，他才回屋高兴地对我说："婆婆，蝴蝶已经飞走了。"我问他："是你赶它走的吗？"他摇摇头说："我没赶它，是它自己飞走的。但我一直在远处守着它，生怕别人去捉它。现在它飞走了，我才放心呢。"

多好心的孩子啊！看着他一脸的憨态，我又不禁想起自己孩子幼年时的神情。

半个世纪的岁月，就在童稚情真与虫儿飞进飞出中悠悠逝去了。

1993 年

生活随感

清明的眼睛

看书久了，不免视线模糊，乃抬头望窗外四季常青的松柏，顿觉神清气爽。一位朋友对我说，每天清晨有恒地看远处青山几分钟，可以保持眼睛与心境都一样清明。她说："青山无语，却使你心情平静，忘却眼前的纷纷扰扰，倒也不必说什么'看山不是山，看山又是山'等玄之又玄的话。"我这位朋友一生只读书，不创作，而品评文学作品时眼界甚高。她说写作常不免拾前人牙慧而不自知，即使知了，也自以为引用得妙而沾沾自喜，倒不如不写。她的话令我深思，也使我战战兢兢不敢轻易下笔了。袁子才诗云："双眼自将秋水洗，一生不受古人欺。"[①] 大概就是以明澈的眼光分辨作品到底是有真知灼见还是因袭前人。

老之已至

邻居一位老太太原是生龙活虎般有说有笑，且热心社区各种活动。前年，她的老伴忽因心脏病去世，她曾一度非常忧郁、

① 出自袁枚《随园诗话》。

消沉。幸有终身不嫁、献身教育的女儿晨昏侍奉，并陪她参加教会福利工作，她才又渐渐恢复脸上的笑容。但她常对我说："老伴在世时，我总是每天埋怨他这样不是，那样不对，现在才知道都是自己太不体谅他了。"说着，她眼圈儿红了。可见有老伴携手同行才能感到夕阳无限好，这一份关切，连孝顺的女儿都无法代替。

我不免想起儿子幼年时傻乎乎地对我说的话："妈妈，你和爸爸现在不要老，等我长大了，我们三人一起老。"他天真的话时时在我耳边。可是我们现在老了，想和他见面都难，他又何曾记得当年扶床绕膝时说的话呢？

一段记忆

在药房里看见一位父亲带着约两岁的幼儿购物。天真的孩子对着花花绿绿的糖果实在喜欢，忍不住用小手拿起一块来玩。父亲立刻逼他放下，然后自己取了两块给柜台付钱后递给孩子。他立刻兴奋地剥开来，掰下一粒先给父亲，第二粒才放在自己的嘴里。我一直注视着他可爱的神情，他竟剥一粒给我说："你喜欢吗？"我感激地对他说："谢谢你，你自己吃吧。"

这情景使我想起自己幼年时由父亲带着去城里最大的一家食品店，看见一个大玻璃缸里装着亮晶晶彩色锡箔纸包的巧克力糖，心里实在想要，却不敢向父亲要求买，只得用食指摸着玻璃瓶外面，再放在舌头上舔舔，仿佛手指头都是甜的。从城里回来以后，我缠着母亲要买那种有彩色锡箔纸包的巧克力糖。母亲笑眯眯地从床头抽屉一个盒子里取出几张一模一样的亮晶晶锡箔纸，包好她自己做的麦芽糖给我，说："麦芽糖比洋糖补，吃了不会蛀牙哩！"我奇怪地问："妈妈！你的锡箔纸是从哪儿来的呀?”妈妈得意地说:“是你外公给我的。”我问:“外公又从哪儿来的呢?”妈妈说:“外公在山乡,哪里有这样好看的锡箔纸?是你舅舅从德国做生意回来带回一盒糖,分给左邻右舍的孩子吃,自己剩下几粒给舅妈。舅妈说吃了这种甜甜苦苦的糖,一夜都睡不好觉呢!但是她把包糖的五彩锡箔纸留起来给外公,让他在过年时包铜板给我当压岁钱。我也当宝贝似的保存起来,一直到如今。”我呆呆地听着,原来锡箔纸是这样难得。手中捏着妈妈用它包的麦芽糖,格外觉得宝贵起来。我小心地剥开来,把糖放在嘴里,再把锡箔纸又还给妈妈收好。

妈妈那一脸欢喜的神情,我至今记得,因此我也特别爱惜包糖果的亮晶晶五彩锡箔纸。看到大一点儿的,不免一张张摊平收在盒子里,毫无目的地保存起来,因而被老伴讥为捡垃圾的老妇。我颇觉得“当之无愧”哩!

弄孙与孙弄

一位朋友问起我有没有抱孙子,我笑答:“没有像你这样的好福气,享受含饴弄孙之乐。”她幽默地说:“不是弄孙而是孙弄。上了年纪,还是像你这样,自己享点儿清福吧!”

一位美国朋友对我说:“每逢节日假期,一大群儿孙都来了,害得我手忙脚乱团团转,生活秩序大乱。”我说:“照我们中国人旧时的说法,儿孙满堂是大大的幸福。做奶奶的只要给他们爱,却不必烦心管教他们。”她摇摇头说:“够了,够了,实在够了。”

我因而想到小我十六岁的妹妹,自幼受所有的长辈百般呵护,走到任何地方都是前呼后拥,神气得像一位公主。时光飞逝,如今她已当了祖母,伺候老伴之外,还要代外出工作的媳妇照顾孙儿，整天忙得团团转。我总以为她很辛苦，她却感到含饴弄孙，乐在其中。

从她身上，我看见自己一生的平凡。我和她成长在同一个家庭中，而境况完全不同。如今我们都入老境，而老境也完全不同。她过的是“忙”的福，我过的是“闲”的福。

不论是“忙”还是“闲”，只要自己心里认为是“福”就好。

记得恩师有两句诗：“但能悟得禅经了，便觉忙时胜似闲。”其实，若能悟透禅机，也未始不可说“闲时胜似忙”呢。事实上，世间的忙与闲，在禅心中已无差别了。

健康路

台北的好友为我寄来两个用坚韧橡皮做的小小圆圈，浑身都是细小的刺，告诉我把圈放在手中使力地捏，使小小的刺，刺痛手心，对健康有益，故名为“健康圈”。

想起去年回台时，承三民书局董事长刘振强先生于百忙中抽空，陪我们去台中参观西湖度假村。那儿有一条长长的碎石子路，名为“健康路”。最好是只穿袜子在上面慢慢地走，让脚底心忍受着碎石子的强烈刺痛，可使脑神经不致老化，产生理疗按摩的功效。

细细体味，这“健康路”的意义颇为深远。脚下的道路不能太平坦，于崎岖难行中才能培养出坚忍不拔的意志。

那天，刘先生兴致勃勃，与我们边走边谈，讲起他年轻时在艰苦重重中的奋斗经历越发使他对文化教育事业许下最大的、奉献的心愿。孜孜矻矻，数十年如一日，他的心愿一步步地达成了。他的贡献是有目共睹的。

参观了三民书局的最新设备和由他聘请诸专家学者所编汇各

类琳琅满目的丛书，以及最完整、最具特色的大辞典和较为简化便利的新辞典，坐在他典雅宽敞的办公室中，一盏清茶，听他笑语琅琅，侃侃而谈，外子和我的内心都兴起无限敬佩之忱。

最难得的是他的谦冲、热忱和爽朗，日新又新的研究精神也始终如一，更有个人生活之简朴、对同事们无微不至的照顾和鼓励，在在令人感动。面对他，我深深地领会到，他今日的康庄大道，真正是从崎岖难行中走出来的“健康路”。

山水与心胸

月前，曾去一位乡居的友人家小住，一洗胸中尘垢，深感山水使人理智清明，友情使人心灵温厚。不由得使我想起宋朝的大文学家苏东坡与王安石为政见不同而伤了友情，但王安石于罢相息隐林泉之后，曾作诗邀东坡与他比邻而居，可见他在清明的山水中不再有成败恩怨，怀念老友的真挚情谊。东坡去看他时，也作了一首诗，幽默地说：“劝我试求三亩宅，从公已觉十年迟。”感慨他们的谅解已晚了十年。

我想，如果他俩早十年就在清山秀水中垂钓或对弈，一边讨论政治的应兴应革诸问题，时而争论得面红耳赤，时而投契得拊掌大笑，一心都为国家利益而非个人意气之争，想来赫赫宰相王安石也不致害得同门好友苏东坡远谪瘴疠之地的琼州了。

记得有一段记载，说东坡于贬谪期满归来时，抬头见江南山水秀美，不由得又高兴起来，随口吟了两句诗：“未到江南先一笑，凤凰楼上望钟山。”[①] 没想到，因那时宋主刚刚去世，东

---

① 此二句或可参见黄庭坚《雨中登岳阳楼望君山》：“未到江南先一笑，岳阳楼上对君山。”

坡的政敌就借此指责他：“国丧期间，怎么可以笑？明明是怨气未消、不满朝廷的幸灾乐祸心理。”真个是欲加之罪，何患无辞？只怪那时资讯不发达，东坡先生如能像今天似的看到电视新闻的特别报道，也许就不作那句含“笑”的诗了。

不过此事与王安石无关，那时他已经下台，不然他也不会那么怀念旧友，邀他去同住了。

1993 年

环保的联想

台湾一位文友在一份青少年月刊上写了一篇文章，劝谕年轻朋友爱惜物力，减少浪费，培养环保意识。她举了许多实例，语重心长，令人感动。

我们日常生活中不经心的浪费是制造垃圾的主因之一，比如：现代人都以小包面纸代替手帕，厨房里都以纸毛巾代替抹布，公共食堂的泡沫盘碗竹筷，用过就丢弃，虽说既卫生，又少却洗涤的麻烦，但也因此，每个人都成了垃圾制造者。

我出生、长大在农村，对自己的种种浪费，内心总有一份罪孽感，但又无可如何！平常我总是把留之无用、弃之可惜的玲珑瓶罐和纸盒等收在地下室的纸箱里，可是愈堆愈多，最后总是被外子搬出去扔掉，讥我是十八世纪头脑的今之古人，落伍得无可救药。最近在超级市场发现一种叫 Heavy Wiper（粗手帕）的抹布，质地厚实又柔软，可以多次搓洗，晾干再用。我如获至宝地买了分寄好友，也是一份芹曝之献的快乐。后来再去买，却已下架了。想是美国主妇已没心情与时间搓抹布，商品无人过问，只好停止出货。真是好可惜。

去年回台湾时，常在旅舍附近的面包店买点心。服务小姐总是把每块小蛋糕装入一个漂亮的透明塑料袋，我说："两块放在一个袋子里就可以了。"她奇怪地瞪我一眼，说："装在一起不是把奶油都压得糊成一片？不漂亮了呀！”说的也是。我只好谢谢她的好意。看她那灿烂的一笑，一定认为我是个有福不会享的乡巴佬吧？

那时我每天经过餐厅门口，看见堆积如山的大尼龙袋里装满了用过的餐具，心里担忧这些垃圾都往哪儿扔呢？焚化不是会造成严重的空气污染吗？每天烧垃圾，不是要熏得天空一片灰蒙蒙吗？

记得有一幅漫画：一位老师叫小学生画蔚蓝的天空中小鸟停在电线上。小学生画的却是灰蒙蒙一片，电线上也没有小鸟。老师问：“天空怎么不是蔚蓝的？小鸟呢？”小学生说：“我只看见一片灰蒙蒙，小鸟都死掉了。”

蔚蓝的天空是不是离人间愈来愈远了？

回想我的童年时代，从没听说过尼龙、塑料这些名词。直到抗战时期避乱乡间，在上海工作的一位表叔托人带了两双长筒丝袜给表婶，信中说这种丝袜不会破，叫做玻璃丝袜。真是天下奇事，玻璃怎么可以做丝袜呢？全村为之轰动，扶老携幼都来看玻璃丝袜开开眼界。母亲眯起近视眼瞄了一下，说：“什么玻璃嘛！像猪油皮似的，辰时穿了，戌时就破。”这是母亲形容东西不坚牢的口头禅，于是表婶就叫这双袜子为“辰戌袜”。真的一穿就破，因为她一双做粗活的“百裂手”一拉，就把崭新的丝袜钩个大窟窿，马上一路溜丝溜到底。

母亲从不相信洋里洋气的东西，认为山乡土产最坚牢。但是土产尽管坚牢，她仍极节省地用，比如纸。我家乡是产纸的，那时所称的“头类纸”就是一等好纸，细软光洁，胜于日本的上等棉纸。我童年时就用这种纸习字，写了大楷小楷，经老师批阅以后，都由母亲一张张收起来；积多了就用来引火，一点儿不舍得糟蹋。母亲连包粽子的粽叶剥下来都要洗刷了晒干当引火的柴烧。其实山上的草柴取之不尽，长工们都劝母亲不要太辛劳。母亲说："你们年轻人吃了上一餐，不顾下一餐。做人要在有时思无时，不可常把无时当有时。"于是她的"多神论"就来了，说树木有神，水、火、土都有神。树砍多了，水用多了，土挖太深了，神佛都会生气，不是水淹全村就是大旱荒年。人要惜福积福，才得风调雨顺，四季平安。

现在想想，老一辈的经验之谈并不全是迷信，而是很合乎大自然的生息和环保原则呢！

母亲常在做活儿时喃喃地念经，念的就是《水神经》，因为厨房里水用得最多，她要念经表示对水神的感谢。我至今还记得："早起一卷经，水神听我吟。不论荤素口，心诚自然灵。天天用水多，刻刻感恩深。手做活儿口念经，一天念得三四卷，胜似家中积金银。黄金白银带不走，只带心中一卷经。西方路上有金桥，无福之人桥下过，有福之人桥上行。虔心但念弥陀佛，万朵莲花遍地升。"

每年年终拜水忏时，母亲都命我跟着念。她一生辛劳悲苦，期望的就是踩着金桥往生遍地莲花的西方极乐世界，所以她脸上总是带着安慰的微笑。

旧时代的长辈以身作则，教子女们养成节俭的美德，孩子们都能乖乖地依从。看看现代的孩子就不一样了。有一次在朋友家，看他们的小女孩兴高采烈地在一本厚厚的拍纸簿上画图画，画得不中意就"啪"的一下撕掉，再画一张；才画几笔又"啪"的一下撕掉，雪白的纸张扔得满桌。我一张张收起来折好。她说："画坏的不要了。"我说："好可惜，翻过来还可以写字呀。"她高兴地说："奶奶，你喜欢这种纸呀？我家好多哟，都是废纸呀。"我说："废纸扔太多了，会使屋子里不清洁。"她说："可以烧掉呀！"我说："烧多了也会污染空气，我们吸了就会生病。"

她摇摇头说：“不会的，因为屋子里有空气调节器呀。”

我这个老古董奶奶也不知怎么对她解说才好。小小年纪，包围在丰富的物质享受中，怎懂得爱惜物力？忙碌的双亲又哪有时间与心情适时地教导孩子们？但愿他们一生永远不虞匮乏才好。

海内外的报刊、电视上都在呼吁注意环保，节省能源，使我们唯一的地球能延长寿命。其实，注意环保不只是为了整个人类的福祉，也是为了个人生活品德的培养。可是面对整个社会的恣意浪费、任性制造垃圾，总不能不令人忧心忡忡。也许洪水猛兽尚未到门前，地球的毁灭是亿兆年以后的事，所以人们认为杞人忧天岂不白白牺牲了眼前的享受？

记得多年前在爱荷华一位美国友人家做客。看女主人将各种塑料瓶罐都别出心裁地予以利用：有的当钵子栽花，有的剪作灯罩，一件件都贴上手剪的镂空彩色纸花，装饰得十分别致美观，增加了室内的无限气氛，真不能不佩服她的艺术匠心与节俭美德。今天的美国家庭主妇多半仍是非常节俭的。我有一次在邻居家小坐，好客的主人取出一罐玉米花款待我，给我看塑料盖上刻的一句话：Please keep me for next use.（请把我留下再次使用。）她对我说：“多可爱！我一直舍不得丢掉这罐子。”她的小女儿捧着罐子，边吃玉米花边念那句子，连声说：“I love it.”（我喜欢。）这真是对儿童最好的生活教育呢。希望她爱玉米花，也爱瓶盖上的那句话。

去年我回台时，承一位出版社社长林蔚颖先生邀请我们文友参观他的出版社。他除了赠送我们各种新书，还送了我们许多玲珑的小记事本。他告诉我们，那都是利用印书时切下的边角废纸，加以精心的美术设计，装订成小小的记事本，中小学生都非常喜爱。这不但可以培养孩子们对日常生活的美感和爱惜物力的好习惯，还可以减少纸张浪费和空气污染。林先生真的是一位有心人。

我知道一种叫做再生纸的早已发明出来，是为了减少环境污染，回收各种废纸加工制成的。这种纸摸去厚厚实实，有一份质感，浅浅的灰蓝色对眼睛有益。我也曾在电视上看到再生纸的制造过程，心中十分欣喜。台湾也有杂志采用再生纸，相信不是为了省钱，而是为了推广宣传。

“再生纸”三个字充满了一片新生希望。

但愿我们的生存空间能因有识者的呼吁而日益改善。

但愿我们唯一的地球长生不老。

但愿天空永远蔚蓝。

妈妈，我爱你

有一天，我带了一盒自己做的红豆枣泥糕给一位好友。她高高兴兴地接过去，闻到香味的小女儿马上奔来了。母亲蹲下去，把糕点凑在她鼻子尖上闻一下，女儿马上抱住母亲的脖子，撒娇地用英语说："妈咪，我爱你。"

"宝贝，你是哪一国人？"妈妈问她。

"我是中国人。"她立刻回答。

"那么你再对我说一遍中国话。"

"妈妈，我爱你。"她用中国话说，说得字正腔圆。

母亲吻了她一下，才把一块枣泥糕递给她，说："这是李妈妈做的中国点心，枣泥糕。"

女儿边吃边蹦蹦跳跳地说："哦，中国点心好好吃哟！"

妈妈又一个字一个字地说："这是枣——泥——糕。"女儿也学着说："枣——泥——糕。"

我很感动地说："你真不错，一直提醒孩子说中国话。"她说："我就是坚持这一点，要她在家里一定得说中国话。我也绝不跟她说英语。否则，她长大点儿进了学校，全说英语，自己的中国话全忘光了。"

我说："幸亏现在有热心的妈妈们合力办中文学校，在每个周末让孩子们有机会读中文，写中文，说中国话。"

她叹口气说："毕竟是一曝十寒，主要是做父母的要能重视自己的文化背景，从小就对儿女们灌输中国的伦理道德观念和生活习俗，尽量讲我们旧时代的感人故事给他们听。希望他们长大后，在这个多元化的美国社会里不忘记自己的文化传承。"

她一脸恳挚认真的神情使我非常感动。她坚持要孩子用中国话说："妈妈，我爱你。"这不正是最好的生活教育吗？

这情景又使我想起很多年前初来美时暂住皇后区，有一天早上，我在门前草坪上做晨操，看见一位美国母亲陪她的小男孩在等校车，旁边站着一个黑人小孩，孤零零的，没有母亲护送。不一会儿，车子来了，白人孩子临上车时回头对母亲说："妈咪，再见。妈咪，我爱你。"冷不防后面的黑人小孩竟狠狠地在他背上捶了一拳头。因为白人小孩比较小，吓得不敢还手。做母亲的也只是狠狠地瞪了黑人小孩一眼，没有作声，目送校车开走。

我呆呆地看着，忍不住对那位母亲说："男孩子到底比较顽皮好斗。"

她浅笑一下，说："他不是顽皮，只是忌妒。"

"忌妒？"我有点儿不明白。

"因为我儿子对我说'妈咪再见，妈咪我爱你'，他却没有妈妈护送。"

"他没有妈妈吗？"

"他妈妈不会送他的。孩子一大群，哪有时间管他呢？"

"他捶了你儿子一拳头。到学校可以告诉老师吗？"

"这是小事，老师管不了。真的打架了，哪个错，就罚哪个第二天不许搭校车。不过有时连这样的惩罚也很难执行，反正问题很多就是了。"她微喟了一声，一脸无可奈何的神情，我不便多问了。

我老是记得那个黑人小孩孤零零地站着望向白人母子，一脸渴望与寂寞的神情。他眼看同学有妈妈护送，上车时亲昵地跟妈妈说再见，会不会想抱着自己的母亲亲亲热热地说“妈咪，我爱你”？

可是忙碌的黑人妈妈没有时间陪着送他上车，怎叫他不忌妒呢？

能说一声“妈咪，我爱你”，就是无上的幸福啊！

1993年

飘雪的春天

再过三天，就是春分。好可爱的节气名称。词人说："上巳清明都过了，只是春寒。"① 清明以后，犹是春寒，何况更早半个月的春分呢？遥想宝岛台湾此时已是和风丽日，阳明山上定已樱花如云。合欢山顶的雪呢？想亦化得无影无踪了吧！

我原是爱雪成痴的人，总觉得春天的"杨花似雪"②，远不及严冬的"飞雪似杨花"③ 更沉静，更逗人遐想。每回听广播报告大雪将至，我总会兴起一阵莫名的喜悦。盼望雪下得越大、积得越厚才好。老伴讽我"黄鹤楼上看翻船，饱汉不知饿汉饥"。想想大风雪中，街头多少无家可归的流浪汉都将冻馁而死，我内心感到万分惭愧、歉疚，但我除了冬令的区区捐献之外，何能有广厦万间收容天下寒士的力量呢？

想想我们自身真是非常幸运的，住的社区十二分安全，冬天晚间外出不像在纽约街头行走那么战战兢兢，住宅环境的清洁工作都由社区管理员负责。我们春天不必剪草，冬天不必扫雪，不比独院住宅的屋主必须勤剪花木、整理草坪以美化公共

---

① 出自清代蒋春霖词《浪淘沙》。

② 参见苏轼《少年游·润州作》："今年春尽，杨花似雪，犹不见还家。"《减字木兰花》："不似天涯，卷起杨花似雪花。"

③ 参见苏轼《少年游·润州作》："去年相送，余杭门外，飞雪似杨花。"

环境，大雪天尤须扫除门前人行道上的积雪，否则如果经过的行人滑倒受伤，屋主是要负赔偿责任的。

我心里想着这些，却闲闲地坐在窗前看社区管理员穿戴得像个爱斯基摩人，使力地铲着人行道上的厚雪。大朵的雪花飘落在他的身上、脸上，看去须眉皆白。我手无缚鸡之力，不能助他铲雪，只有赶紧泡一杯浓浓的咖啡，包几个热烘烘的韭菜饼，开门出去递给他挡挡寒气，也表示一份感谢的心意。他接过咖啡一饮而尽，捧起韭菜饼用嘴亲了一下，却马上塞在口袋里，说带回去给太太孩子尝尝中国饼的风味，他的动作非常有趣。我问他冷吗？他笑笑说："工作时怎么会冷？我身上还出汗呢！何况我边铲雪边想着小时候玩雪的乐趣，准备回家讲给孩子听，心里越发暖烘烘起来。"他双颊红红的，两眼发光，一副兴高采烈的样子，真是可敬又可爱。

他告诉我们："这批房子的方位很好。一幢幢连绵围成一圈，正北方有高耸的老年公寓挡住了大风；晚上，社区路灯亮起后，从阳台上望出去，灯下的飞雪才美呢。"他又补充了一句，"自己暖和地赏雪，可别忘了风雪中受冻的人。有空时把不再穿的冬衣理出来，打个电话请救世军①来收取吧！"

真感谢他的提醒。他负责又热心，使我十二分感动。

一个最冷的大雪天，我们的暖气忽然发生故障，是因为位于屋子外面的发电机被大雪封住而停止工作，屋内阁楼上的备用机器不胜负荷，也停摆了。临时紧急措施是把厨房炉灶的四个炉口全扭开，再把从台湾带来备而不用的三台电炉都插起来，才熬过一天一夜。第二天，打电话给我们投保的冷暖气公司求

---

① 成立于1865年的宗教慈善组织，总部位于伦敦，分布在七十多个国家。该组织模仿军队形式，教众称军兵，传道人称军官，且分军阶、军衔等。

援，回答是已有一百多户登记排长龙，而且配件也买不到了；如不能耐心等待，就试试另找别的电气修理站。可是打了无数电话，各家都派不出技工，灵机一动，求助于一位老友的太太，她是能干的房地产经纪人，平时与各电器修理站都保持密切联系。她大雪天坐在办公室中指挥若定，知道我们的情形后，立刻打电话联络一位技工，说很快就来。我们才一块石头落了地，知道自己不会冻死了。但也一直熬到晚上十点以后，技工才来，爬上阁楼给机器换了零件，机器马上开动了。但一开水龙头，水不来，抽水马桶也扳不动。技工说，因为房子没有暖气，水管结冰了，过一会儿化了冰就好了。他提醒我们，凡遇气温降至华氏零下十几度①，又遇暖气故障时，要把所有水龙头扭开，保持“细水长流”。他对我笑笑，语意深长地说：“活水才不会结冰啊！”我看着他壮健的身躯、灵活的动作，边工作边笑语琅琅，在天寒地冻中散发出一股暖气，深深领悟“活水才不会结冰”的道理。像我这样一个毫无科技常识的人，平时四体不勤，遇上一点点小事故就惊慌得手足无措，真是连血液都会结冰，还能有什么活水呢？

在电视上看到男女记者在大风雪中口若悬河地做报道，摄影记者从旁做有趣的场景穿插：一个小孩把一根尺子插入雪中要量量雪有多深。还不到几小时，尺子就被埋掉了，小孩哭起来叫：“我的尺子呢？我的尺子呢？”还有一对新人要举行婚礼，可是化妆师因风雪太大，不能准时赶到，急得新娘团团转。记者幽默地说：“新人忘了打个电话问问天公再择吉日。”有个坐在室内报新闻的记者问外勤记者：“你被埋掉了没有？”对方回答说：“没有，我只是被堆高了。”他的话使我想起“黑狗身上

---

① 约合摄氏零下37度至零下28度。

白，白狗身上肿”[①] 的咏雪妙句。

公路上有一辆小轿车抛锚了，陷在雪中。经过的车子停下来协助修理，记者也帮着推车，充分发扬了人类的互助精神。想起报载竟有暴徒抢劫计程车司机的不法情事，人性的善恶怎会有如此天渊之别啊？

拉瓜迪机场[②] 有一架飞机，起飞时因地面冰冻太滑，失去控制，滑出跑道，机头几乎冲入海湾。幸无死伤。一位乘客被访问时笑嘻嘻地说：“我很幸运，正坐在飞机的最前端，使我有机会体会那千钧一发的危险情境和知道自己还活着的那份喜悦。”这正是老庄哲学所谓的“生死关头正好玩”吧！

大雪过后，就听铲雪车隆隆地铲除公路上的积雪，撒以大量的盐。为了交通安全，服务人员的辛劳，可以想见。据说连融雪的盐都供不应求了，天公真是不作美。

天虽放晴，雪却一直未融。窗外光秃的树枝上挂满了晶莹的冰珠，傲岸地摇曳着。经过一番严寒风雪，春来定将生发更茂盛的新枝嫩叶吧！

一旦开始融雪，景观可就大大地不同了。曾使大地洁净、使人间公平的雪都被铲扫，堆积在路边，盖上一层层的尘土和泥浆，只好称之为白山黑水或乌云盖雪，却再也说不上一个“美”字了。

还将有一场四至六英寸[③] 的小雪呢！春天真如捉摸不定的少女脾气，这第十七次的雪该是少女的临去秋波了吧？写至此，想起罗兰[④] 的名作《飘雪的春天》，乃借以为题，想好友当不以为忤吧！

1994 年

---

① 出自唐诗《雪诗》，作者张打油因之而开创打油诗体。

② 纽约三大机场之一，位于皇后区，面朝法拉盛湾。

③ 约合 10—15.24 厘米。

④ 台湾散文家，天津宁河县人。作品有《罗兰散文》《罗兰小语》等。

电脑与烦恼

机器是老伴的最爱，各种各样的机器堆满了地下室，也不知都是做什么用的。最近还有朋友劝他买一台传真机，说可以节省许多精力与时间。我却坚决反对，并非舍不得钱，而是因为我除了电话机之外，对一切机器都反感。比如他每回用那庞大如牛的吸尘器吸地，呼呼的噪音就吓得我比老鼠蟑螂逃得还快。每月几次的吸尘，我真担心会被吓成老年痴呆。他却得意地说："现在是尖端科技时代，科学家为我们发明各种方便的机器，舍而不用岂不辜负了他们的好意？也愚不可及。"他真是恨不得连三餐饭都由机器人喂呢。

我却认为天生吾"手"必有用，不可全依赖机器。就拿洗衣服来说吧，你能命令机器在领圈与袖口多搓一把吗？还不是得先用手抹上去污水才洗得清洁？我们一家两口，每顿饭后两三个碗碟，用得着洗碗机洗吗？如有好友光临，都是请在馆子里吃，可以随心畅谈，更用不着洗碗机。最令人恼怒的是，他说洗碗机长久不用会失灵，为了保护机器，总是定时地把我洗得干干净净的碗碟摆入洗碗机重洗一遍，无视我以勤劳双手所做的清洁工作。

他偶然心血来潮时要帮我切菜，我只好点头表示接受他的善意。他却恭恭敬敬地请出他的切菜机，得意地对我解说：按

A 钮是切片，扭 B 钮是切丝，套上 C 配件是磨粒子，换上 D 配件是打酱。待他一一解说完毕，我早已把菜做好，恭请他上桌进餐了。

我多次劝他不要过分依赖机器，弄得四体不勤。他却说这是生活体认，人生在世，每时每刻都在吸收新知，于不断的学习中可体认无穷乐趣，领悟人生哲理。其实，他所谓的“吸收新知”无非是好奇。他对什么都好奇，当然更包含各种新出版的书籍。每回逛书店必定抱回一大堆的书，其中必包含一本辞典。我抱怨书已泛滥成灾，有的书只要在书店里看个大概就可以了，何必买呢？他大大地摇头说：“不行，不行，每本书都有它的特色，尤其是辞典，只要有一两句话、一两个字使我有所会心，就值回书价了。何况有许多书是备参考而非供阅读的，偶一错过，就将有‘书到用时方恨少’的遗憾。”他总是那么言之成理。

我翻翻他满桌的书，每本都只看上十来页，却用红笔、蓝笔、黄笔画得五彩缤纷。问他内容都说些什么，他笑而不答。个中乐趣，非我这浅薄之人所能知也。

我说：“我的恩师当年诲谕我，凡是真正用功读书的人必须是案头书要少，心头书要多。你的书都堆在案头，胸中可有点墨呢？”他大笑说：“你恩师的话是对你这种不肯用功的懒学生说的，真正是误人子弟。你若真是心头有书，就不会嫌案头书多了。”

我被说得自己也困惑起来，只好悻悻地走开。

他又宣布，堆在书桌外圈的书可以搬到地下室去，和心爱的机器堆在一起，以备不时之需；排在书桌内圈的书是随时取阅的，尽管看上去很乱，却乱中有序，叫我不要去碰。偏偏我和他共用一张大书桌、一座大台灯，他那“乱中有序”的书渐渐侵犯到我的领域来。有一次，他找一本有关电脑的书，在书桌的里圈、外圈找遍了都没有，却被我轻易一翻就从我的稿纸堆里翻出来了。我笑问他："你是研究电脑的，你的电脑分类法怎么一点儿不管事呢？你可知道你的电脑增加我多少烦恼吗？"

我这个今之古人是多么怀念旧时代的简朴生活，想起那时老长工阿荣伯劈劈啪啪拨着算盘帮母亲记家用账，我就坐在他怀里玩那晶莹的牛角算盘，嘴里学着念口诀："一上一、二上二、三上加五下落二——"加法可以背到一百哩。那灵活的算盘不就是今日的电脑计算机吗？可是算盘是那么地可爱，可以翻过来在桌面上滑来滑去，嘴里嘟嘟嘟地喊："火车来啦，火车来啦！"哪像今日孩子们的电脑玩具捏在手中乱按，看得人头晕眼花。我真担心正在发育中的孩子们玩多了这种玩具，都会变成四眼田鸡呢！

他却笑我杞人忧天。他说四眼田鸡的小孩长大后会显得更有学者风范，因为他们自幼就有电脑基因，不像我，听到电脑就紧张，十足的乡巴佬。

在我的生活中，与我关系最密切的是电灯与电话，幸得此二者都与电脑无关，所以不必紧张。有时给朋友打电话，听到对方是答录机在回话，我就马上挂上话筒，因为我不愿对机器说话，宁可过一会儿再打。我们的电话机原是老式的，爱好新奇的他偏换了台多功能的按钮电话机，底盘上的按钮各有各的作用，像蚂蚁般的号码要戴上老花眼镜才看得清楚。我这种笨脑筋根本不能适应这样复杂的机器，有时通话到一半，谈兴正浓，忽然话筒中怪声大作，戛然断线，不得不低声下气地向他求援。他于是正色地训我一顿，要我好好地学习适应时代，再仔细阅读电话机的说明书。我心中十分恼火，他却认为这是对我进行教育的机会。

左思右想，我总是不服气。电脑真的万能吗？就拿写文章来说，你即使把所有“风花雪月”“风雨阴晴”“喜怒哀乐”等词汇都输入电脑，它能为你写出一篇荡气回肠、一唱三叹的文章吗？据我所知，许多会用电脑的朋友也说过，对着冷冰冰的电脑按钮写文章时灵感没有了。可见电脑终归不如人脑，因为电脑是机器，机器是没有心的，没有心的机器即使被你操作得再熟练，又何能婉转地传递心灵中千变万化的感受呢？

依基督徒的说法，人类原是由全能的上帝创造的。上帝创造了天地，再创造亚当与夏娃，给他们吹一口气，赋予他们生命，也给了他们幸福与烦恼。区区电脑在上帝的恩赐中无非九牛之一毛，我又何必为微不足道的电脑而懊恼呢？

幸得电脑再神通广大，毕竟没有心。尽管他喜欢机器，想玩电脑，但遇到他偶尔兴致来时，要写文章，于字斟句酌之际仍得求助于我这个毫无电脑观念的笨脑哩！

1993 年